러
브
레
터

．
　．
　　．
　　．
　　．

러브 레터

이와이 슌지 · 권남희 옮김

하빌리스

목차

1	○	7
2	○	21
3	○	36
4	○	56
5	○	71
6	○	89
7	○	107
8	○	129
9	○	151
10	○	174
11	○	187
12	○	203
역자의 말	○	211

1

후지이 이츠키가 죽은 지 2년이 지났다.

그리고 두 번째 기일. 3월 3일 히나마쓰리°인 그날, 고베에 드물게 눈이 내렸다. 언덕배기에 있는 공동묘지도 눈 속에 묻히고 검은 상복에 하얀 눈이 얼룩을 만들었다.

히로코는 하늘을 올려다보았다. 무색의 하늘에서 끊임없이 내리는 하얀 눈은 정말이지 아름다웠다. 눈 덮인 산에서 죽은 그가 마지막으로 본 하늘도 이렇게 아름다웠을까.

○ 여자아이의 명절로 매년 3월 3일에 지내는 일본의 전통 풍습. 제단에 열본옷을 입힌 작은 인형 등을 진열하고 떡이며 감주, 복숭아꽃 등을 차려놓는다.

"그 애가 뿌려주는 것 같구나."

그렇게 말한 이는 이츠키의 어머니인 야스요였다. 원래라면 히로코의 시어머니가 됐을 사람이다.

향을 올릴 차례가 됐다.

무덤 앞에서 손을 모으고 새삼스레 그와 마주한 히로코는 이상하게도 평온한 자신에게 놀랐다. 세월이 흐르면 이렇게 자연스러워지는 건가. 그렇게 생각하니 히로코는 좀 복잡한 심경이 됐다.

'그동안 무심해서 미안해.'

히로코가 꽂은 향은 잠시 가느다란 연기를 올렸지만, 한 송이의 눈이 그 끝에 내려앉아 불을 꺼버렸다. 히로코에게는 그가 장난치는 것처럼 느껴졌다.

가슴이 메었다.

향을 올리는 동안 히나마쓰리에 쓰인 뜨거운 감주를 사람들에게 돌렸다. 사람들이 따뜻한 잔으로 추위를 녹이며 제각기 근황을 얘기하기 시작하자, 갑자기 시끌벅적해졌다. 대부분 이츠키의 친척들이다. 그리고 이츠키에 관해 별다른 기억을 갖고 있지 않은 이들이기도 했다. 그의 묘를 앞에 두고 있지만 그에 관한 화제는 거의 없었다. 워낙 말이 없어서 쉽게 사귀기 힘든 그의 성격을 생각하면 무리도 아닐 것이다. 아직 젊었는데 말이야. 그들에게는 그 정도로만 떠올리는 고인이었다.

"나는 단것 싫어. 술 없어? 술!"

"나도 술이 좋아."

남자들의 무례한 주문에 이츠키의 아버지인 세이치가 맞장구 치며 야스요를 불렀다.

"야스요! 당신 그것 좀 가져와. 청주 있지?"

"지금요? 어차피 나중에 실컷 마실 거잖아요."

"아냐, 아냐. 제삿술은 바로 마셔야 해."

야스요는 언짢은 얼굴로 청주를 가지러 뛰어갔다. 이렇게 술판이 벌어지자, 청주 한 병으로는 부족해지고 잇달아 날라온 한 되들이 술병들이 눈 위에 늘어섰다.

"히로코 씨……."

갑자기 말을 걸어온 것은 이츠키의 산악부 후배들이었다. 아까부터 구석에 어색하게 모여 있던 것은 히로코도 알고 있었다. 그러나 이츠키의 동료, 그와 함께 산에 올랐다가 그 사람만 혼자 두고 하산했던 주요 멤버들의 모습은 보이지 않았다.

"선배님들, 오늘은 자택에서 근신 중입니다."

"아직도 다들 죄책감을 갖고 있어요. 아키바 선배는 그 후

한 번도 산에 오르지 않았답니다."

아키바는 이츠키와 가장 친한 친구였다. 그리고 그 마지막 등산의 리더이기도 했다. 벼랑에서 떨어진 이츠키를 내버려 둘 결정을 한 것도 그였다. 장례식 날, 아키바와 산악 멤버들은 이츠키의 친척들로부터 조문을 거부당했다. 그때는 누구나 감정이 격해 있었다.

"산의 규칙은 산에서만 통하는 거야!"

친척 한 사람이 아키바 일행에게 그렇게 호통친 것을 히로코는 지금도 잊지 않고 있다. 그 말을 한 당사자는 기억하고 있을까. 지금 저기서 술잔을 돌리며 떠들고 있는 이들 가운데 있을 텐데.

"다들 그냥 오면 될 텐데."

"저, 그게……."

후배들은 말끝을 흐리며 서로 얼굴을 마주 보았다. 그리고 한 사람이 넌지시 가르쳐주었다.

"사실은요, 선배들이 오늘 밤에 몰래 올 계획 같아요."

제사가 끝난 후 음식점에 술자리가 마련돼 있다고 했다. 그러자 눈 속에서 추위를 견디던 사람들이 단번에 인내력을 잃은 듯 빠른 걸음으로 주차장 쪽으로 뛰어 내려갔다. 히로코도 같이 가자고 권유를 받았지만 사양했다.

주차장에서 막 차에 시동을 거는데 세이치가 따라와 창을 두드렸다.

"히로코, 미안하지만 가는 길에 이 사람 좀 우리 집까지 태워다 줘."

돌아보니 야스요가 관자놀이를 누르며 얼굴을 찡그리고 있다.

"어머, 왜 그러세요?"

"갑자기 머리가 아프다는구나."

세이치는 문을 열어 야스요를 뒷좌석에 밀어 넣었다.

"아야야야야! 그렇게 세게 밀면 아프잖아요!"

"무슨 소리 하는 거야. 이제부터 진짜 바빠질 텐데. 일생 도움이 안 된다니까."

야스요를 야단친 세이치는 히로코에게 미안한 듯이 웃어 보였다. 그러는 세이치의 등에 술 취한 친척 한 명이 달라붙었다.

"나루오, 벌써 취했나?"

아냐, 하고 손을 젓는 남자의 다리는 이미 비틀거리고 있었다. 남자는 운전석의 히로코를 발견하자 차 안으로 얼굴을 들이밀었다. 술 냄새가 코를 찔렀다.

"오, 히로코 씨, 맞지?"

"이봐!"

세이치가 황급히 남자를 차에서 떼어냈다. 끌려가면서 남자는 꼬부라진 혀로 노래를 불렀다.

"아가씨, 잘 들~어요, 산 사나이에게는 반~하~지 말아요."

"바보 같은 놈!"

세이치는 남자의 머리를 때리면서 히로코에게 미안하다고 고개를 숙였다.

익숙지 않은 눈길을 천천히 미끄러지면서 히로코의 차는 공동묘지를 뒤로했다.

"아버님도 바쁘시군요."

"아냐, 바쁜 척할 뿐이야."

룸미러로 야스요를 보자 언제 두통이 있었느냐는 듯 멀쩡한 얼굴로 앉아 있다.

"오늘도 이제부터 밤새 떠들고 놀 판이잖니. 그게 좋은 거야, 결국은. 그렇지만 너무 즐거운 얼굴을 하고 있으면 그것도 볼썽사나우니까 괜히 저렇게 바쁜 척하는 것뿐이지. 다 그래. 제사니 뭐니 하면서 그 핑계로 술을 마시고 싶은 거라고, 저 사람들은."

"어머니, 두통은?"

"응? 아, 꾀병이야."

"아······."

히로코는 미소를 지었다.

"왜, 히로코?"

"다들 꿍꿍이속이 있구나 싶어서요."

"다들이라니?"

"아키바 씨네 말이에요."

"아키바네가 어쨌는데?"

"뭔가 꾸미고 있나 봐요."

"뭘?"

히로코는 대답 대신 모호한 웃음으로 얼버무렸다.

스마에 있는 후지이 집에 도착했다. 야스요가 권해서 히로코는 같이 집으로 들어갔다.

집 안은 어두컴컴했다. 보이지 않는 그림자가 드리워진 듯한 그런 인상이었다.

거실에는 인형이 놓여 있지 않은 텅 빈 히나단°이 있었다. 칠을 하지 않은 나무상자가 옆에 쌓여 있어 뚜껑을 열어보니 왕과 왕비 모양의 히나 인형 한 쌍이 들어 있다.

о   히나마쓰리에 쓰이는 제단.

차를 날라온 야스요가 쑥스러운 듯이 말했다.

"꺼내놓기는 했는데 말이야, 오늘 행사 준비도 있고 해서 미처 장식하지 못했어."

두 사람은 히나 인형을 단에 진열했다. 히로코가 아는 히나 인형에 비하면 훨씬 크고 디자인도 고풍스러웠다.

"정말 훌륭한 인형이군요."

"오래됐지. 증조모 대부터 내려온 것이니까."

이 인형들은 며느리를 들일 때마다 물려주는 것이라고 야스요는 말했다. 역대 며느리들의 생애와 함께 해를 거듭해 왔다는 것이다. 그 사람들 중 몇 명은 그 묘지에 그와 함께 잠들어 있을 것이다. 그런 생각을 하면서 히로코는 조그만 빗으로 인형의 머리를 빗겼다.

"한 해에 딱 한 번 바깥세상에 나오니까 오래 살 거야, 이 아이들은."

그렇게 말하며 야스요는 인형의 얼굴을 가만히 들여다보았다.

두 사람은 이츠키의 방에 들어갔다.

고등학교 미술교사였던 이츠키의 방은 유화 캔버스로 가득 채워져 있다.

히로코는 책꽂이에서 스케치북 한 권을 빼들어 책상 위에 펼쳤다. 모두 낯익은 그림이었다. 그리고 어느 그림이고 지나간 날들의 내음이 났다.

히로코는 그림을 그리는 이츠키를 옆에서 보고 있는 것이 좋았다. 지금은 유품이 되어버린 그림들을 보고 있자니 잊고 있던 시간들이 되살아났다. 종이를 스치는 연필 소리가 금방이라도 들려올 것 같았다.

회상에 잠겨 있는 히로코를 야스요의 목소리가 깨웠다.

"얘, 이것 좀 봐라, 이거."

야스요가 책꽂이에서 발견한 앨범 한 권을 히로도에게 건네주었다.

"아, 졸업앨범이네요."

오타루 시립 이로나이 중학교.

"오타루에 사셨어요?"

"응, 오타루. 그다음에 요코하마, 그리고 하카타, 그리고 고베."

"좋은 곳에만 사셨군요."

"살다 보면 어디나 똑같지."

"정들면 고향이라고 하죠."

"그럼, 정들면 고향이지. 오타루는 정말 조용하고 좋은 곳이었어."

"오타루 어디쯤에 사셨어요?"

"어디였더라……. 그렇지만 이제는 없어. 집이 헐리고 국도가 돼 버렸거든."

"그렇군요. ……아, 있다."

페이지를 넘기던 히로코는 중학교 시절의 그를 발견했다. 학급 단체 사진이 아니라 혼자만 원 모양의 사진으로 따로 있었다. 확실히 어린 티가 났지만 히로코가 아는 그와 거의 같은 인상이었다.

"전학을 했단다, 졸업하기 전에."

"얼굴이 전혀 안 변했네요."

"그래?"

야스요가 앨범을 들여다보았다.

"지금 보니 왠지 불길한 사진 같구나."

그리고 두 사람은 학급 사진 속 중학생들 얼굴을 하나하나 살펴보았다. 야스요는 교복 입은 소년에게 이 아이 귀엽네, 내 취향이야, 라고 말해서 히로코를 웃겼다.

"이 안에 그 애 첫사랑도 있겠지."

야스요는 그렇게 말하면서 여학생들의 얼굴을 손가락으로 짚어 나갔다. 그리고 한 소녀를 가리켰다.

"어머나, 이 아이, 널 닮지 않았니?"

"네?"

"혹시 첫사랑인가?"

"이 친구가요?"

"남자는 첫사랑의 그림자를 쫓아간다고 하잖아."

"그래요?"

"그럼."

히로코는 앨범에 얼굴을 가까이 대고 유심히 보았지만, 어디가 닮았는지 알 수 없었다.

히로코는 앨범 페이지를 넘기며 물었다.

"이츠키 씨 동아리 활동은 뭘 했어요?"

"육상부였어."

히로코는 육상부 사진을 찾았다.

"여기 있다."

단거리 달리기를 하던 이츠키가 하필 발을 헛디뎌 구르는 순간을 포착한 듯했다.

"결정적인 순간이군요."

사진 아래에 코멘트가 붙어 있었다. '후지이의 라스트 런!' 본인에게는 안됐지만 히로코는 품 웃음을 터뜨렸다.

주방에서 물 끓는 소리가 나자 야스요가 일어섰다.

"케이크 먹을래?"

"괜찮아요."

"맛있는 건데."

"그럼 주세요."

야스요가 방을 나간 후에도 히로코는 앨범에서 눈을 떼지 않았다. 다른 사진이 더 있을까 싶어 한 페이지 한 페이지 신중히 넘겼다. 마지막 페이지의 졸업생 명부에 다다랐다. 히로코는 이름들을 하나씩 손가락으로 짚어갔다.

"후지이 이츠키…… 후지이 이츠키……."

그리고 손가락 끝이 그 이름을 짚었을 때, 히로코의 머릿속에 기묘한 아이디어가 반짝였다.

히로코는 그의 책상에서 펜을 찾아 손바닥을 펼쳤다가 퍼뜩 생각을 고쳐 카디건 소매를 걷어 올리고 하얀 팔에 주소를 베껴 적었다.

오타루시 제니바코 2초메 24번지.

케이크와 홍차를 담은 쟁반을 들고 야스요가 들어왔을 때에는 히로코의 팔은 이미 카디건 아래 감춰져 있었다.

"뭘 꾸미고 있는 거니?"

야스요의 목소리에 히로코는 깜짝 놀랐다.

"예?"

"아키바 일행. 뭔가 꾸미고 있다며?"

"아, 오늘 밤에 야간 습격을 한대요."

"야간 습격?"

"밤에 몰래 성묘를 간대요."

"오, 그래!"

야스요는 놀라면서도 어쩐지 기쁜 듯했다.

"그럼 이츠키도 오늘 밤은 잠을 못 자겠구나."

그날 밤, 아키바네가 계획을 감행하고 있을 무렵 히로코는 이츠키에게 편지를 썼다. 보낼 곳은 왼쪽 팔에 적어 온 주소의 집이었다.

야스요가 말한 대로 그 집은 이제 사라져 국도가 되어 있으니 절대 배달될 리 없다. 어디에도 갈 곳 없는 편지. 어디에도 가지 못하기 때문에 의미가 있었다. 이 세상에 없는 그에게 보낸 편지니까.

후지이 이츠키 님.

잘 지내나요? 나는 잘 지낸답니다.

와타나베 히로코

이것이 편지의 전문이었다. 몇 장이고 편지지를 구겨 버린 끝에 쓴 문장이 겨우 이것뿐이라는 게 자기가 생각해도 우스

웠지만 짧고 깔끔해서 히로코는 오히려 마음에 들었다.

분명히 그도 마음에 들어 할 거야.

히로코는 밤에 나가서 그 편지를 근처 우체통에 넣었다. 편지가 바닥에 툭 하고 작은 소리를 내며 어이없이 떨어졌다.

이것이 후지이 이츠키의 기일을 맞은 히로코 나름대로의 행사였다. 그쳐가는 눈이 아직 팔랑팔랑 밤하늘에서 춤추고 있었다.

2

　그 이상한 편지가 날아온 것은 3월 초의 일이었다. 며칠 전부터 감기 기운이 있더니 그날은 증상이 심해졌다. 아침에 일어나자마자 잰 체온이 38.5도였다. 직장인 시립도서관에 오늘은 일을 쉬겠다고 전화를 한 나는 아직 온기가 남아 있는 침대에 파고들어가 다시 잠을 청했다. 늦은 아침 식사 후에는 거실에서 세 번째 잠을 즐겼다. 그 기분 좋은 잠을 방해한 것은 우체부의 고물 오토바이 소리였다.
　우체부인 도시미쓰는 뭐랄까, 여자를 보면 말을 걸지 않고는 못 배기는, 무례하고 가벼운 남자다. 그리고 톤이 높은 목소리가 때로 내 신경을 거스르는 경우가 많았다. 오늘처럼 컨디션이 몹시 나쁠 때는 특히. 그런데 판단력이 둔해져 있던 그날의 나는 그런 것을 깡그리 잊고 멍청하게도 무방비한 차림새로 문을 열고 나갔다. 그러니까 빗질하지 않은 푸석푸석한 머리에 얼굴 반을 가린 커다란 마스크, 카디건 아래 파자마 차림으로 말이다. 문 저편의 도시미쓰는 놀람 반, 기쁨 반의 눈길로 나를 멀뚱멀뚱 바라보았다.

"어? 오늘은 집에 있었네."

슬리퍼를 신고 나가려던 내 두 발이 멈췄다.

아차!

몽롱한 머리로 그렇게 생각했지만 이미 늦었다.

"오늘 쉬는 날?"

"……."

"감기 걸렸나? 마스크를 하고."

"……."

"올해 감기는 지독하대."

나로서는 시침 뚝 떼고 통과하려는 작전이었는데 이대로라면 이 사람은 언제까지고 지껄이고 있을 것 같았다. 나는 용기를 내서 우편함까지 뛰었다.

"저기, 극장표가 생겼는데 같이 안 갈래? 토요일쯤."

도시미쓰가 계속 소리치고 있었지만 듣지도 않고 나는 우편함에서 우편물을 꺼내자마자 재빨리 뒤돌아 단숨에 집 안으로 뛰어들었다.

"아! 이츠키 씨!"

무시하고 문을 닫았다. 이 짧은 왕복도 지금의 내게는 힘든 운동이었다. 심장의 고동이 가빠져서 현관에 주저앉았다. 이것도 전부 도시미쓰 탓이다. 그 도시미쓰가 이번에는 현관 벨을 몇 번이고 누르기 시작했다. 나는 분노를 억누르며 인터폰으로 향했다.

"뭐예요?"

"이츠키 씨! 편지 떨어뜨렸어!"

바깥의 큰소리가 인터폰 소리와 겹쳐 들렸다. 그 목소리는 칭찬을 받고 싶은 아이처럼 괜히 들떠 있다.

"아, 미안해요. 우편함에 넣어주세요."

도시미쓰의 대답은 없었다. 그 대신 철책을 여는 둔한 소리가 났다.

멋대로 들어오지 말란 말이야!

내 마음의 절규와 상관없이 도시미쓰는 거리낌 없이 들어와 현관문을 쾅쾅 두들겼다.

"이츠키 씨! 편지야, 편지!"

도시미쓰는 몇 번이나 문을 두들기면서 편지! 편지! 하고 외쳤다.

현기증을 느끼며 어쩔 수 없이 문을 열었다. 눈앞에 있을 것이라고 생각한 도시미쓰는 웬일인지 등을 돌려 정원 쪽으로 공손히 절을 하고 있었다. 누구에게 머리를 숙이는가 싶었더니 우리 할아버지였다. 할아버지는 정원의 장미 뜰에서 그 위엄 있는 얼굴로 바라보다가 내가 아무 일도 아니라는 뜻으로 손을 흔들자 곧 덩굴 사이로 모습을 감췄다.

"당신이 소리를 질러서 그렇잖아요."
"미안. 아, 이것 떨어뜨렸어."

도시미쓰는 편지 한 통을 내밀었다. 그리고 큰 입을 벌리고 씨익 웃으며 이렇게 말했다.

"러브레터?"

이런 식의 농담, 요컨대 아무것도 아닌 모든 사건을 연애나 연인 관계와 연관 짓는 식의 농담에 나는 본능적으로 거부하는 반응을 보인다. 거의 반사적으로 왼손이 편지를 빼앗아 들고, 동시에 오른손은 문을 잠가버렸다. 도시미쓰는 방금 무슨 일이 일어났는지 모르는 채, 입을 떡 벌리고 굳게 닫힌 문 앞에 서 있을 것이다.

도시미쓰가 주워서 갖다 준 편지가 유일하게 내 앞으로 온 것이었다. 나머지 우편물은 주방 탁자에 올려놓고 나는 2층

내 방으로 올라갔다. 보낸 사람은 전혀 기억에 없는 이름이었다.

와타나베 히로코.

보낸 이의 주소는 고베시로 되어 있다.

고베의 와타나베 히로코?

고베는 알고 있지만 알고만 있을 뿐인 지명이다. 살아오면서 전혀 접점이 없는 곳이었다. 그런 고베의 와타나베 히로코.

고개를 갸웃거리면서 우선 봉투를 뜯었다. 안에는 편지지가 한 장. 그 편지지를 펴본 나는 뭐랄까, 순간 머릿속이 하얗게 됐다고나 할까. 좀 설명하기 어려운 상태에 빠졌다.

후지이 이츠키 님.

잘 지내시나요?

저는 잘 지낸답니다.

와타나베 히로코

이것이 전부였다.

"뭐야, 이건?"

그것은 의미 불명을 넘어 거의 무의미한 영역에 이르러 있었다. 생각하려고 해도 머릿속의 하얗고 텅 빈 공간이 흐려

지기만 할 뿐이었다. 분명 열이 나는 탓일 게다. 나는 그대로 침대에 누워버렸다.

"와타나베 히로코, 와타나베 히로코, 와타나베 히로코와타나베히로코와타나베히로코……."

주문처럼 그 이름을 몇 번이나 몇 번이나 되뇌어보았지만 희미한 기억조차 떠오르지 않았다. 생각하면 생각할수록 수수께끼 같은 편지였다. 무엇보다 내용이 너무 단순한 것이 이상했다. 내 경우, 트럼프 카드놀이 중에서도 '세븐 브리지'는 특기 중의 특기였지만, '도둑잡기'는 어쩐 일인지 언제나 졌다. 그런 내 약점의 중심을 파고들어온 듯한 편지라고 하면 조금 알기 쉬울지도 모르겠다.

밖에서 고물 오토바이의 덜덜덜 소리가 났다. 창을 내다보니 이제야 돌아가는 도시미쓰의 모습이 언뜻 담장 너머로 보였다.

더 생각해 보아도 별 볼일 없을 것 같아서 나는 편지를 책상 위에 놓고 다시 침대 속으로 파고들었다.

황혼이 짙어질 무렵 살포시 잠에 들었는데 눈을 뜨니 방 안은 완전히 어두워져 있었다. 그래도 침대에서 나올 생각 없이 가만히 누워 있는데 어느새 퇴근한 엄마가 저녁 식사를 준비하는 소리가 들려왔다. 기름이 끓는 소리를 들으면서 소화가 안 되니 기름진 요리는 싫은데, 라는 생각을 하는 동안 나는 또 잠에 빠져들었다. 그리고 꿈속에서 프라이팬 기름 소리는 빗소리로 변해 있었다.

  나는 비를 맞으며 운동장을 달리고 있었다. 중학교 운동장이다. 달리고 있는 것도 중학교 시절의 나였다. 흠뻑 젖은 채로 나는 그저 묵묵히 달리고만 있었다. 아아, 이러다가 감기 걸리는데, 그렇게 생각하면서. 그러나 꿈속의 나는 달리기를 멈추지 못하고 있었다. 그러는 동안 비가 눈으로 바뀌었고, 나는 덜덜 떨면서 그래도 계속 달렸다.
  눈을 뜨자 온몸이 땀에 젖어 있었다. 그리고 창부에 정말로 눈이 내리고 있었다. 시계를 보니 벌써 열 시가 넘었고 무정하게도 저녁 식사는 끝나 있었다.
  "몰랐어. 위에 있었니."
  퉁퉁 부은 내게 엄마는 그렇게 말했다.
  생각해 보면 엄마는 그날 내가 감기로 직장을 쉰 것조차 몰랐던 모양이다.
  나는 혼자 식탁에 앉았다. 메인 요리는 생선튀김이었다. 꿈에 비를 내리게 했던 장본인은 접시에서 완전히 식어 맛이 없어 보였다.

"죽 같은 것 없어?"

"네가 만들어 먹으렴."

"……그럼 됐어."

이렇게 말하면 엄마가 할 수 없이 해주리라는 것을 교활한 딸은 잘 알고 있다. 엄마는 귀찮은 얼굴로 냄비를 가스 레인지에 올리고 죽을 끓이기 시작했다.

"이상한 편지? 행운의 편지?"

"그런 것 같진 않은데."

막 끓인 죽을 먹으면서 나는 아까 받은 편지 얘기를 꺼냈다.

"고베의 와타나베라는데 엄마는 혹시 알아?"

"와타나베?"

"와타나베 히로코."

"기억은 못하지만 네가 어디선가 만난 사람이겠지. 네가 잊어버렸을 뿐일 거야."

"그런 일 없다니까. 절대 몰라. 와타나베 히로코."

"……"

"정말 이상하다니까. 그렇죠, 이상하죠, 할아버지?"

나는 거실에서 텔레비전을 보고 있는 할아버지에게 물었다.

"응, 이상하다."

듣지 않는 척하면서 다 듣고 있는 할아버지다. 할아버지는 대답하며 텔레비전 리모컨을 한쪽 손에 들고 느릿느릿 다가왔다.

이것이 우리 가족 전부다. 좀 부족한 가족 구성이지만 숨 막히지 않아서 딱 좋다고 생각한다.

"뭐라고 씌어 있는데?"

엄마가 물었다.

"잘 지내시나요? 저는 잘 지낸답니다, 라고."

"그리고?"

"그것뿐이야."

"뭐니, 그거."

"보고 싶어? 가져올까?"

그러나 엄마는 그다지 관심 없는 얼굴이었다. 의자에서 일어나려는 내게 엄마가 말했다.

"다 먹었으면 약 먹어라."

이것으로 편지 화제는 끝이다. 나는 다시 앉아서 약국에서 산 감기약 봉지를 열었다.

"병원에 가지 않았니?"

"병원에 갈 정도는 아냐."

"그런 약은 초기 감기에나 들어."

나는 모르는 척하고 알약을 입에 던져 넣는다.

"그럼, 내일은 출근할 수 있겠네."

"음, 그건 좀······."

"출근 못 할 것 같으면 병원에나 가."

"병원에 가느니 차라리 가혹한 노동을 택하겠어, 난."

"무슨 소리 하는 거냐. 하루 종일 가만히 앉아 있기만 하면서."

엄마가 도서관 일을 그런 식으로 우습게보고 있다고 생각하자 화가 난다. 그러나 아주 틀린 말은 아니기 때문에 뭐라고 항의할 수도 없다. 아까부터 리모컨을 든 채 우뚝 서 있던 할아버지가 끼어들었다.

"이츠키, 편지를 보여줘 봐."

그런데 이제 내 쪽이 그럴 의욕을 완전히 잃고 난 후였다.

"편지? 뭐하시게요?"

"······."

할아버지는 입을 우물거리면서 거실로 돌아갔다.

낮 동안 엄청나게 잠을 잔 그날 밤은 좀 고통스러웠다. 전혀 잠이 올 기미가 없어 이리저리 뒤척거리기만 했다. 그런 장난을 칠 생각이 떠오른 것도 잠들지 못해 뒹굴고 있었기 때문일 것이다. 그러나 그때는 기발한 아이디어라 생각하여 터질 것 같은 웃음을 참으면서 침대에서 기어 나와 책상 앞에 앉았다.

와타나베 히로코 님.
저는 잘 지냅니다.
하지만 조금 감기 기운이 있습니다.
후지이 이츠키

정말 장난이었다.
나쁜 마음은 없었다. 아니, 역시 조금은 있었을까.

다음날 아침, 감기는 회복 기미를 보이지 않았지만 나는 출근 쪽을 택했다. 그렇게라도 하지 않으면 억지로 병원에 가야 하기 때문이다.
전날 밤에 쓴 편지는 역 앞 우체통에 넣었다.

"에취!"
별나게 큰 재채기가 터질 때마다 도서관 사람들이 나를 훔쳐보았다. 그날 나는 하루 종일 열이 나고 기운이 없고 맹렬한 재채기로 주위에 민폐를 끼쳤지만 어쩔 도리가 없었다.

보다 못한 동료 아야코가 관장에게 말해 준 덕분에 오후 업무는 서고 정리를 하게 됐다.

"뒤에서 눈 좀 붙이고 있어."

아야코는 그렇게 말하며 내 어깨를 토닥거려주었다.

서고는 서적들을 상하지 않게 보관하기 위해 항상 적당한 온도와 습도를 맞추고 있지만 낡은 책들이라 곰팡내가 나고 보이지 않는 먼지들이 날아다니는 것 같은 느낌이 들었다. 실제로 그런지는 모르겠으나 일단 그런 생각이 들자 대책 없이 재채기가 이어졌다. 아야코의 배려가 오히려 상황을 나쁘게 만들었지만 적어도 도서관에 온 손님들에게 폐를 끼치는 것은 면하게 됐으니 그나마 다행이다.

서고 정리 담당인 하루미가 재채기를 하느라 정신을 못 차리는 나를 돌아보더니 내 얼굴을 가리켰다.

"그 마스크를 하지 그래?"

"응?"

"그거."

손으로 더듬자 어느 틈엔가 마스크가 벗겨져 턱에 걸려 있었다.

"여기 책들에서 나오는 먼지가 코를 자극하니까 조심해."

하루미는 여기서 '터줏대감'이라 불리는 시립도서관 제일의 기인(奇人)이었다. 그가 '터줏대감'이라는 별명을 갖게 된 것은 나도 이해할 수 있었지만 하루미에 이은 넘버 투 기인이 나라는 소문은 이해가 가지 않았다. 내가 왜 기인인가 물어보면, 어딘지는 모르겠지만 어쩐지 기인 같다는 대답이 돌아왔다.

"뭐, '터줏대감' 수준에는 한참 못 미치지만."

그야 그렇겠지. 당사자에게는 미안하지만 '터줏대감'과 같은 취급을 당할 수는 없다.

"나는 이렇게 생각해. 이 인간들 도대체가 무책임하다고."

'터줏대감'은 얘기를 하는 동안에도 책 정리하는 손을 멈추는 법이 없다.

"누구?"

"이 책을 쓴 인간들."

"뭐?"

"여기에 있는 책들 말이야!"

강한 어조로 '터줏대감'은 온 서고의 책을 가리켰다.

"그렇잖아? 이 인간들은 자기가 멋대로 써놓고 나중에 두고두고 정리할 우리 생각은 하지 않았을 것 아냐. 봐, 이 엄청난 양을. 도대체 누가 읽는다고?"

그리고 '터줏대감'은 서가의 책 가운데서 한 권을 빼내더니 내 무릎에 던졌다.『핵폐기물에 미래는 있는가?』라는 제목의 책이다.

"무슨 헛소리를 하는지. 핵폐기물 처리 문제를 논하기 전에 자기 책 뒤처리나 제대로 했으면 좋겠다는 생각 안 드니?"

"그래? 콜록, 콜록……."

나는 기침을 하면서 책을 돌려주었다. '터줏대감'은 그것을 받아들자 안의 한 페이지를 쫙 찢었다. 나는 눈을 의심했다. '터줏대감'은 아무렇지도 않은 얼굴로 종이를 뭉쳐 주머니에 찔러 넣었다.

"콜록콜록! 뭐 하는 거니, 지금?"

그러자 '터줏대감'은 보란 듯이 계속 책을 찢기 시작했다. 서가에 책을 꽂는 작업과 함께 책에서 한 장을 찢어내 뭉쳐서 주머니에 찔러 넣는 작업을 반복했다.

"제법 괜찮은 스트레스 해소법이야, 이거."

"콜록."

"해보지 않을래?"

"콜록, 무슨 짓을, 콜록, 하는 거야?"

"재미있어."

'터줏대감'은 잔혹한 미소까지 띠고 있다.

기침을 하면서 나는 또 그 편지를 떠올렸다. 솔직히 말하면 우편함에 넣고 난 후부터 지금까지 그 생각만 하고 있었다. 알지도 못하는 상대에게 그런 짓을 해서 대체 앞으로 어떤 일이 벌어질지. 예측할 수 없을 만큼의 불안감이었다. 일단 그 생각이 머리를 들자 눈앞의 '터줏대감'의 기행보다 내가 저지른 장난의 말로가 더 심각하게 느껴졌다.

왜 그런 바보 같은 짓을 했을까?

책을 계속 찢는 터줏대감의 모습을 바라보며 소식한 나는 괜한 짓을 했다는 후회를 하고 있었다.

3

히로코가 그를 만난 건 전문대 시절이었다. 그는 고베 시내 미술대학에 다니며 유화를 전공하는 한편 산악부에서 활동하고 있었다. 전문대를 졸업한 히로코가 먼저 사회인이 됐고, 그는 후에 고등학교 미술교사가 됐다.

도쿄 출신인 히로코에게 고베 생활의 대부분은 그였다. 그와 함께 보낸 날들, 언제나 함께했던 날들, 그리고 또 그가 있던 날들, 시간이 멈춰버리면 좋겠다고 생각했던 날들, 그리고 영원히 그가 없는 날들.

그를 산에서 잃고 고베에 머물 이유가 없어진 후에도 히로코는 도쿄에 돌아가지 않았다. 돌아오라는 부모님의 권유에도 이리저리 얼버무리면서 계속 독신으로 살고 있었다. 그렇다고 뚜렷한 목적의식을 갖고 있는 것도 아니었다. 문득 정신을 차리고 보면 아직 이곳에 있다는 실감에 깜짝 놀라는 일이 때때로 있었다. 그리고 그저 회사와 집을 왕복할 뿐인 똑같은 하루하루를 보내고 있었다.

두 번째 기일로부터 나흘째인 토요일 저녁 무렵이었다.

집에 돌아와 우편함을 열자 쓸데없는 광고 전단과 팸플릿 사이에 작은 사각봉투가 있었다. 봉투에는 보내는 사람 이름이 없었다. 봉투를 여니 안에 한 장의 편지지가 들어 있다. 두 번 접은 편지지를 편 히로코는 순간, 그것을 자기가 쓴 편지라고 생각했다. 두 번째 기일 밤에 쓴 그 편지 말이다. 어딘가에 갔다가 반송된 것일까? 그러나 그렇지 않다는 것은 이내 알 수 있었다. 순간의 착각. 그리고 동시에 히로코는 심장이 멈출 것 같았다.

#와타나베 히로코 님.

저도 잘 지냅니다.

하지만 조금 감기 기운이 있습니다.

후지이 이츠키

그에게서 답장이 왔다. 하지만 그럴 리는 없었다. 누군가의 장난일까? 그 편지를 누군가 읽은 것일까? 어째서 그 편지가 도착한 걸까? 히로코는 한동안 가슴의 고동을 억누르지 못한 채 그 짧은 편지를 몇 번이고 되풀이하여 읽었다.

누군가의 장난이라 해도, 이것이 그 편지의 답장인 것은 틀림없었다. 그것 자체가 히로코에게는 기적처럼 생각됐다. 어떤 우연인지는 모르지만 그런 우연에도 히로코는 그의 숨결을 느꼈다.

역시 이건 그의 편지야.

히로코는 그렇게 생각하기로 하고 한 번 더 편지를 읽어보았다.

히로코는 갑자기 그 편지를 아키바에게 보이고 싶어졌다. 막 귀가한 참이었지만 히로코는 다시 코트를 걸쳐 입고 밖으로 나갔다.

아키바는 제임스산 근처 유리 공방에서 일하고 있다. 히로코가 도착했을 때 동료들은 이미 돌아갔고 아키바와 조수 스즈미만 남아 있었다. 아키바는 마츠다 세이코의 「푸른 산호초」°를 흥얼거리며 세공용 긴 파이프를 돌리고 있었다.

○   1980년 7월에 발표된 마츠다 세이코의 히트곡.

"엇갈릴 뻔했구나, 히로코. 나도 집에 갈 참이었는데."

히로코의 갑작스러운 방문에 놀라면서 아키바는 그렇게 말했지만 그의 작업은 좀처럼 끝나지 않았다.

아키바는 스스로 유리공예 작가라고 말하지만 평소에는 도매상에 넘겨줄 유리컵이나 화병을 만드는 데 쫓겨 자기 작품을 만들 시간은 거의 없었다.

"조금만 기다려. 앞으로 열 개만 하면 돼."

끝에 물엿 모양의 유리가 붙은 긴 파이프를 돌리면서 아키바는 말했다.

"괜찮아. 천천히 해."

히로코는 만든 지 얼마 되지 않은 컵들을 보며 시간을 보냈다. 밋밋한 모양의 흔한 컵이다.

"여전히 시시한 것들만 만들고 있지."

아키바는 일하는 손을 쉬지 않으며 말했다.

"학생 시절이 좋았어. 좋아하는 작품을 맘대로 만들 수 있고 말이야."

그때는 그때대로 과제에 쫓겨 프로가 되지 않으면 자기가 좋아하는 작품을 만들 수 없어, 하고 투덜거렸던 것을 히로코는 기억한다.

"선생님, 먼저 갈게요."

귀가 준비를 끝낸 스즈미가 인사를 했다.

"그래, 조심해서 가라."

"히로코 씨, 그럼."

"잘 가요."

스즈미가 나가자 아키바가 돌아보며 웃는 얼굴로 사인을 보냈다.

"뭐야?"

히로코는 시침을 떼며 고개를 갸웃거렸다. 그러나 그것도 두 사람만의 신호이다.

"무슨 좋은 일이라도 있었어?"

"응?"

"그런 얼굴인데."

"그래?"

히로코는 얼버무리며 아키바의 등 뒤를 돌아서 구석에 있는 의자에 앉았다.

"성묘 다녀왔어."

"한밤중에?"

"어, 어떻게 알아?"

"후배들한테 들었어."

"그랬군."

"어땠어?"

"성묘?"

"응."

"그런 질문에 뭐라고 대답해야 하나. 좋았다고 하는 것도 이상하고."

"그렇구나, 그렇네."

아키바는 또 한동안 작업을 계속하다가 뭔가 마음에 걸리는지 뒤돌아 히로코를 보았다. 그런 아키바를 보고 히로코는 고개를 갸웃거렸다. 그는 히죽히죽 웃고 있다.

"왜?"

"그건 내가 묻고 싶은 말이야. 무슨 일 있지?"

"무슨 일?"

"무슨 일이 있는 얼굴이야."

"그래?"

아키바는 빙그레 웃으면서 끄덕였다.

작업이 일단락됐을 즈음에야 히로코는 그 편지를 아키바에게 보였다.

"그 사람한테 편지를 썼더랬어. 그랬더니 답장이 온 거야."

그렇게 말해도 아키바가 이해할 리 없다.

"무슨 소리야?"

히로코는 아키바에게 처음부터 자세히 설명했다. 그의 집에서 본 졸업앨범 이야기, 거기서 발견한 옛날 주소, 그에게 쓴 편지, 그리고 이 답장.

"이상하지?"

"이건 분명 누군가의 장난이야."

"아마 그렇겠지."

"이렇게 할 일 없는 사람도 있구나."

"그런데 좀 기뻤어."

히로코는 정말 기쁜 것 같다. 그러나 아키바는 못마땅한 얼굴을 하고 있다.

"히로코, 그런데 왜 그런 이상한 편지를 썼어?"

"글쎄."

"역시 그건가?"

"응?"

"아직 그 녀석을 잊지 못하는 건가?"

"아키바 씨는 벌써 잊었어?"

"그런 게 아냐. 우리 관계는 도대체 뭐야?"

"음……."

"응, 히로코?"

아키바는 일부러 심각한 얼굴을 하고 히로코에게 다가왔

다. 히로코는 엉겁결에 작은 비명을 질렀다.

"으악!"

"응? 난 진지하게 얘기하고 있어."

"그런 말 해도 난 잘 몰라."

돌연 아키바의 입술이 쑥스럽게 웃는 히로코의 입술을 덮쳤다. 히로코는 망설이다가 이윽고 거기에 응했다.

그가 떠나고 2년 동안 두 사람은 어느새 이런 거리로 가까워졌다. 그러나 몇 번이나 키스를 거듭하면서 히토코는 왠지 자기가 아닌 것 같다는 생각이 들었다. 아키바 어깨너머로 가마의 붉은 불꽃이 보였다. 뺨의 열기는 저것 탓인가, 히로코는 멍하니 생각했다.

두 사람의 시간을 방해한 것은 조수인 스즈미였다. 집으로 간다고 나갔던 스즈미가 어느새 공방 입구에 우뚝 서 있었다. 스즈미를 발견한 아키바가 놀라 물었다.

"스즈미, 무슨 일이야?"

"아, 두고 간 게 있어서 찾으러 왔어요……."

"뭘 두고 갔는데?"

"아뇨, 괜찮습니다. 실례했습니다."

스즈미는 뜻밖의 광경에 어찌해야 좋을지 몰라 당황하더니 그대로 돌아갔다.

"들켰네."

"어떡하지."

"할 수 없지, 뭐. 이제 우리 사이를 인정하지 않을래?"

"큰일 났다. 스즈미 씨에게 소문 내지 못하도록 해야 하는데."

시시한 얘기들을 나누다가 아키바가 말했다.

"그 녀석…… 후지이한테 부탁하고 왔어. 성묘 갔을 때."

아키바의 눈빛은 진지했다.

"너와 결혼하게 해달라고."

히로코는 할 말을 잊었다.

"이제 그만 그 녀석을 자유롭게 해줘도 되지 않나?"

"……."

"너도 자유로워지고."

"……."

히로코는 편지에 시선을 떨어뜨린 채 아무 대답도 할 수 없었다.

후지이 이츠키 님.

감기는 좀 어떻습니까?

무리하지 말고 빨리 나으시기 바랍니다.

와타나베 히로코

 히로코는 이런 편지를 써서 또 그 주소로 보냈다. 안에는 감기약을 동봉했다. 상대도 분명 여기에는 놀랄 거야. 히로코는 내심 득의의 미소를 지었다.
 며칠 후 답장이 왔다.

 # 와타나베 히로코 님.
 감기약 고마웠습니다.
 그런데 대단히 실례입니다만, 당신은 어떤 와타나베 씨입니까?
 아무리 생각해도 기억이 나지 않는군요.
 부디 가르쳐주시기 바랍니다.
 후지이 이츠키

 후지이 이츠키라는 이 가짜는 정말 어이없게도 이쪽에 자기소개를 요구하고 있다.
 어떡하지?
 히로코는 당황스러우면서도 내심 기뻤다. 서로 얼굴도 모르는 펜팔 친구가 생겼다. 천국에 있는 그가 연결해 준 사람이다. 분명히 좋은 사람일 것이다. 히로코는 이 기묘한 만남을 그와 신에게 감사했다.

대체 어떤 사람인 걸까? 전혀 감이 잡히지 않았다. 미지의 펜팔 친구인 상대가 알고 보니 노인이었다는 내용의 텔레비전 드라마를 히로코는 떠올렸다. 그리고 이 편지 주인의 얼굴을 상상해 보았다. 할아버지? 할머니? 평범한 샐러리맨? 어쩌면 초등학생일지도 몰라. "당신은 어떤 와타나베 씨입니까?"라고 시침 떼면서 후지이 이츠키라고 주장하는 뻔뻔함은 이 게임을 즐기고 있는 증거라고 생각했다. 그런 것을 좋아하는 나이라면 학생일지도 모른다. 의외로 초로의 대학 교수라면 멋있겠어, 하고 히로코는 멋대로 공상에 빠졌다.

편지를 다시 아키바에게 보이러 갔다.

"감기약을 보냈다고? 히로코, 아주 괜찮은 센스인걸."

아키바는 큰소리로 웃으며 히로코에게 편지를 다시 건넸다. 아키바의 흥미는 거기까지였다.

"뭐라고 답장 쓰면 좋을까?"

"히로코, 또 답장 쓸 생각이야?"

"응."

"이게 재미있어? 둘 다 한가하네."

아키바의 지혜를 빌려 세 번째 편지가 완성됐다. 아니, 이것은 전적으로 아키바가 쓴 편지이다.

#후지이 이츠키 님.
당신은 나를 잊어버렸나요?
너무해요. 섭섭하군요.
나를 기억할 때까지 가르쳐주지 않을 거예요!
그래도 조금만 힌트.
아직 독신입니다.
와타나베 히로코

히로코는 아키바가 쓴 편지를 읽고 얼굴을 찡그렸다.
"이런 건 못 보내."
"상관없어. 이 녀석도 후지이인 척하잖아. 후지이 노릇을 하는 녀석에게는 이런 편지가 딱 좋아."
그렇다 해도 이런 경박한 편지는 보낼 마음이 들지 않았다. 히로코의 머릿속에는 이 편지를 보고 흥이 깨져 실망하는 점잖은 대학교수 모습이 떠올랐다. 히로코는 그 편지를 우선 봉투에 넣어두었다가 나중에 아키바 몰래 다시 썼다. 무의식중에 나이 지긋한 대학교수를 의식한 나머지 좀 고풍스러운 편지가 됐다.

#후지이 이츠키 님.

감기는 나으셨습니까?

오늘 퇴근하면서 언덕길에 벚꽃 봉오리가 부풀어 있는 것을 보았습니다.

여긴 벌써 봄이 오려 한답니다.

와타나베 히로코

이제부터 진짜 펜팔이 될지도 모르겠어. 히로코는 기대에 가슴이 벅찼다. 순수하게 가슴이 설레는 느낌을 오랜만에 맛보았다.

그런데 며칠 후 도착한 답장은 히로코가 예상했던 내용이 아니었다.

#와타나베 히로코 님.

정말로 모르겠습니다.

무엇보다 저는 고베란 곳에 간 적도 없으며, 친척도 아는 사람도 살고 있지 않습니다.

당신은 정말로 나를 알고 있습니까?

후지이 이츠키

"뭔가 좀 진지한 편지인걸."

편지를 읽은 아키바가 말했다.

"그렇지?"

"이거 어떻게 된 거지?"

"그런데 진짜면 어떡하지?"

"진짜란 건 무엇이 진짜라는 거야?"

그렇게 물으니 히로코는 대답이 궁했다. 진짜인 경우, 어떤 진짜를 생각할 수 있을지 감이 잡히지 않았다.

아키바는 한 번 더 편지를 읽어보았다. 그리고 어떤 사실을 발견한 듯 말했다.

"이 녀석 여자군."

"응?"

"봐, 여기."

그렇게 말하며 아키바는 편지의 한 줄을 가리켰다. "당신은 정말로 나(あたし)를 알고 있습니까?"라는 문장이다.

"아타시°래."

"정말이네."

"아니면 후지이를 여자라고 생각했는지도 모르지. 이츠키

○　あたし. '나'의 여성어.

란 이름의 여자도 있지?"

"응."

"뭔가 복잡해졌군."

"응."

"뭐 하는 인간이지?"

아키바는 편지에 시선을 떨어뜨린 채 진지한 얼굴로 생각에 빠졌다. 히로코도 함께 생각해 보았지만 아무런 실마리도 잡히지 않는다. 그러는 동안 아키바가 묘한 말을 꺼냈다.

"그런데 이 편지, 어째서 이 여자에게로 갔지?"

"응?"

"생각해 보면 희한한 일이잖아?"

"무슨 말이야?"

"히로코의 편지가 제대로 배달됐으니까 이렇게 답장이 오는 거지?"

"응."

"그런데 분명히 그 주소에는 이제 아무도 살지 않는다고 했지."

"응. 국도로 바뀌었다고 했어."

"그럼 이 여자가 국도에 살고 있다는 거야?"

"설마."

"그렇지?"

"응."

"어떻게 된 거지?"

"어떻게 된 거지?"

말을 주고받던 아키바가 느닷없이 엉뚱한 추리를 시작했다.

"만약 이 여자가 국도 한복판에 살고 있다고 치자."

"응?"

"만약에 말이야, 도로 한복판 중앙분리대에 오두막집을 짓고 산다고 치자고."

"그럴 리가."

"실제로는 있을 수 없는 일이지만 이를테면 그렇다고 생각해 보자고."

"그래."

"우체부가 그 주소로 편지를 갖고 갔어. 하지만 우체부는 그 편지를 이 여자에게 전해주지 못할 거야."

"그렇지."

"어째서?"

"응?"

"어째서냐고?"

"국도에 멋대로 살 수 없으니까."

"그건 그러니까 예를 든 거잖아."

"응?"

히로코는 아키바의 이야기를 이해할 수 없었다.

"그럼 이렇게 하자. 국도는 없었던 걸로 해."

"국도는 없는 거로 하자고? 수수께끼 내는 거야?"

"수수께끼라도 좋아. 뭐든 생각해 보자. 그곳에 우체부가 왔다고 치자. 그랬다면 편지는 배달될까?"

"응, 배달되겠지."

"……."

"아닌가?"

"어느 쪽이야?"

"그럼, 배달되지 않아."

"정말?"

"아니, 아니, 배달되는 걸로 할래."

"풋, 배달되지 않아."

"어째서?"

아키바는 득의양양한 미소를 지으며 물었다.

"모르겠어?"

"응. 모르겠어."

"배달될 리 없잖아. 이름이 다른걸. 아무리 주소가 맞더라도 받는 사람 이름이 다르면 편지는 배달되지 않아."

"그래?"

"그럼. 그 주소가 맞아도 문패의 이름이 다르면 우체부는 우편함에 넣지 않아."

"그렇구나."

"집이 국도에 있건 아니건 이름이 다르다면 이 여자에게 히로코의 편지가 배달될 일은 영원히 없을 거야."

"하지만 실수로 우편함에 넣어버릴 수도 있잖아?"

"그럴 수도 있지."

"그렇지?"

"그런데 우체부가 그런 실수를 두세 번이나 하겠어?"

"그런가."

"그렇다면……."

"그렇다면?"

"어쩌면 이 여자 정말로 이 이름인지도 몰라."

"뭐?"

"그러니까 이 여자가 진짜로 후지이 이츠키라는 거야."

히로코는 그 이야기를 믿을 수 없었다. 아키바가 자기 논리에 억지로 맞추고 있을 뿐이라고 생각했다.

"이건 우연이라고 하기에는 너무 완벽해."

"그래."

"하지만 적어도 후지이라는 이름이 아니라면 편지는 배달되지 않는다는 건 맞지?"

히로코는 뒤죽박죽된 머릿속을 정리해 보았다.

야스요의 말이 옳다면 예전에 이츠키 가족이 살던 오타루의 그 집은 국도가 생기면서 이미 없어졌다. 그런데 그곳에 편지가 배달되어 이렇게 답장까지 온다. 그것이 누군가의 장난이라 하더라도 그 누군가는 아키바의 이론에 따르면 후지이라는 이름을 갖고 있지 않으면 안 된다. 그러나 예전에 후지이 가족이 살았던 장소에 같은 후지이라는 이름의 사람이 사는 우연이 있을 수 있을까? 그것도 국도에.

"쉽게 생각하면 그건 있을 수 없는 일이잖아."

"그래. 그러나 편지가 왔다 갔다 하는 것 역시 사실이고."

"그렇긴 하지……."

잠깐 생각에 잠겼던 히로코가 말했다.

"역시 그가 쓴 거야."

아키바는 반쯤 어이없다는 표정으로 히로코를 보았다.

"히로코……."

"그러면 이치가 맞잖아."

"그런 건 이치라고 하지 않아."

"그렇게 꿈은 꿀 수 있잖아."

"뭐, 꿈일 수 있겠지만."

"그래."

"그게 아니라, 히로코!"

아키바는 화가 난 듯했다. 히로코는 뭔가 마음 상하는 말을 했나 하고 몸을 움츠렸다.

"됐어, 됐어! 히로코는 그렇게 생각해. 나는 나대로 이 일의 진상을 밝히는 데 전력을 다할 거니까."

그리고 아키바는 중요한 증거물이라며 히로코가 그동안 받은 편지들을 모두 가져갔다.

4

나는 대체 어떻게 하면 좋은가.

#후지이 이츠키 님.
감기는 좀 어떻습니까?
무리하지 말고 빨리 나으시기 바랍니다.
와타나베 히로코

이것이 와타나베 히로코에게서 온 두 번째 편지였다. 봉투 안에는 과립으로 된 감기약까지 동봉되어 있었다. 모르는 사람이 보낸 약을 좋다고 먹을 인간이 있을까. 나는 일단 약을 쓰레기통에 버렸다. 그러고 난 후 다시 편지를 읽어보았다.

그쪽은 아무래도 나를 아는 듯하다. 편지를 봐서는 그렇게밖에 생각할 수 없는 문맥이다. 역시 내가 그 사람을 잊고 있는 것일까?

와타나베 히로코 님.

감기약 고마웠습니다.

그런데 대단히 실례입니다만, 당신은 어떤 와타나베 씨입니까?

아무리 생각해도 기억이 나지 않는군요.

부디 가르쳐주시기 바랍니다.

후지이 이츠키

나는 이렇게만 써서 다시 보내보았다. 그런데 며칠 후 도착한 그의 답장을 보니 내 이야기 따위는 하나도 듣고 있지 않는 듯했다.

후지이 이츠키 님.

감기는 나으셨습니까?

오늘 퇴근하면서 언덕길에 벚꽃 봉오리가 부풀어 있는 것을 보았습니다.

여긴 벌써 봄이 오려 한답니다.

와타나베 히로코

기분이 언짢아졌다. 벚꽃이니 봄이니 하는 말을 꺼내는 것은 슬슬 위험해지는 증거이다. 도서관의 몇 대 전 관장이 어느 날 벚꽃을 보면서 "슬슬 코스모스 계절이구나" 하고 말하더니 그 후 까닭 모르게 앓기 시작하다 입원했다는 얘기가 있다. 내가 취직하기 훨씬 전 일이다. 그보다 더 옛날, 엄마가 학생이었을 때 반 친구 한 명이 도시락에 벚꽃 잎만 가득 넣어왔다고 했다. 밥 대신에 꽃잎을 맛있게 먹던 그 친구는 병원에서 나온 인물이었다고 했다. 벚꽃은 더러 그런 이미지로 연상되기도 한다.

영문도 모르는 편지, 감기약, 게다가 벚꽃과 봄기운, 재료는 이미 전부 갖추고 있다는 느낌이 든다.

나는 이것을 '터줏대감'에게 얘기해 보았다.

과연 '터줏대감'은 신음을 하더니 입을 열었다.

"가지이 모토지로의 단편 중에 벚꽃나무 아래에는 죽은 사람이 묻혀 있다는 얘기가 있지."

"맞아, 맞아."

"또 사카구치 안고의『만개한 벚나무 숲 아래』."

"그것도 광기의 작품이지."

"역시 특이해, 이 여자."

"역시?"

"응, 정말 특이해."

"어떻게 해야 할까?"

"음, 계속 거절해."

"어떻게?"

"글쎄, 하지만 그냥 놔두면 계속 편지를 쓸 거야."

"응? 계속이라니?"

"영원히 말이야. 죽을 때까지."

"말도 안 돼."

"이런 인간은 적당히를 모르니까 말이야."

"농담하지 마."

나는 크게 한숨을 내쉬었다.

"하하하하하."

갑자기 '터줏대감'이 웃기 시작하여 쳐다보니 그는 아무 일 없었다는 듯한 얼굴을 하고 서가에 책을 꽂고 있다.

특이하기로 말하자면 이 '터줏대감'도 상당히 위험한 레벨이다. 그런 '터줏대감'이 인정할 정도인 걸 보니 히로코라는 사람의 편지도 꽤 심각한 느낌이 들어 우울해졌다.

나는 신에게 기도하는 심정으로 답장을 썼다.

와타나베 히로코 님.

정말로 모릅니다.

무엇보다 저는 고베란 곳에는 간 적도 없으며, 친척도 아는 사람도 살고 있지 않습니다.

당신은 정말로 나를 알고 있습니까?

후지이 이츠키

그의 다음 편지는 이러했다.

후지이 이츠키 님.

당신은 누구입니까?

와타나베 히로코

나는 전율했다.

이 사람은 드디어 뭐가 뭔지 모르게 된 걸까? 나는 한 번 더 '터줏대감'에게 매달렸다. 그에게 묻는다는 게 망설여지기도 했지만 비슷한 사람끼리 잘 알 거라는 생각이 앞섰다.

나는 '터줏대감'에게 지금까지의 편지를 전부 보여주며 의견을 물었다.

'터줏대감'은 편지를 보다가 놀라운 것을 발견했다.

"이 여자, 다중인격자네."

"뭐? 다중인격이라니? 빌리 밀리건 같은?"

"그래. 빌리 밀리건. 봐, 여기."

그렇게 말하며 '터줏대감'이 내민 것은 마지막에 '당신은 누구입니까?'라고 쓰인 편지였다.

"이것만 필적이 달라."

"뭐라고?"

나는 편지를 비교해 보았다. 확실히 '터줏대감'이 말한 대로 그 한 장의 필적만 다른 편지와 달랐다. 나는 지극히 상식적인 생각으로 반문했다.

"누군가 다른 사람이 쓰지 않았을까?"

"그럼 이 편지는 혼자가 아니라 몇 명이 공모해서 쓰고 있다는 거야?"

"잘 모르겠지만."

"그것도 일리가 있는 생각이군. 너, 뭔가 심각한 사건에 휘말린 거 아냐?"

"응? 무슨 말이야?"

"기밀이 될 만한 정보를 우연히 입수했다던가."

"무슨 소리야. 그런 일이 있을 리 없잖아."

"그럼, 역시 다중인격자야, 이 여자는."

"어째서 그런 결론인 거지? 다른 선택지는 없는 거야?"

"있다면 직접 생각해. 나는 무조건 다중인격자설을 지지하겠어. 애초에 네 편지가 방아쇠가 된 거야. 당신은 누구입니까, 하고 처음에 말을 꺼낸 것은 네 편지지? 그래서 이 여자는 영문을 알 수 없게 된 거야. 원래 이 여자는 너에 관해 아무것도 몰라. 그저 안다고 믿고 있었을 뿐이야. 그런데 네 편지를 받고 돌연 현실을 직시하게 된 거지. 서로 전혀 모르는 관계라는 사실을 말이야. 궁지에 몰린 그는 그래서 한 번 더 현실도피를 꾀할 필요가 생겼어. 그것이 요컨대 다른 인격이 되어버리는 거야. 즉, 너를 모르는 또 한 사람의 자신이 되는 거지."

이 '터줏대감'의 가설을 어디까지 믿어야 좋을지 나는 알 수 없었다. 아니, 그보다는 이 '터줏대감'의 정신 상태를 어디까지 신뢰해야 할지 몰라 나는 일단 혼자 진상을 고민해 보기로 했다.

그런데 그럴 틈도 없이 또 다음 편지가 날아왔다. 다 나아가던 감기가 다시 심해져서 체온이 37.5도를 오르내리던 날이었다.

　# 후지이 이츠키 님.
　당신이 정말 후지이 이츠키라면,
　뭔가 증거를 보여주세요.
　신분증이나 보험증 사본이라도 상관없습니다.
　와타나베 히로코

　열이 난 탓도 있었을 것이다. 내 감정은 분노의 방향으로 달렸다. 이제 그만하시지, 하는 감정이었다. 어째서 이런 정체 모르는 인간에게 내 신분을 증명해야 한다는 말인가.
　그렇게 생각하면서도 나는 내 운전면허증을 확대 복사하고 있었다. 도서관 복사기를 사용하는 현장을 본 아야코가 이상하다는 얼굴로 물었다.
　"뭐 하는 거야?"
　"보면 알잖아. 면허증 복사하고 있어."
　"지명수배 전단 같다."
　복사된 얼굴 사진을 보고 아야코가 말했다.
　내가 봐도 복사기에서 나온 A3 사이즈의 거대한 면허증 사진은 어쩐지 기분 나쁘게 음침한 분위기를 풍겼다. 아야코는 열이라도 있는 거 아냐? 하고 말하며 내 이마에 손을 올렸다.

"어머나, 정말 뜨거워!"

그러나 내게는 아야코의 목소리가 거의 귀에 들어오지 않았다.

이것이 증거입니다.

이제 편지 그만 보내세요.

그럼 안녕.

후지이 이츠키

확대 복사한 내 신분증에 이런 편지를 덧붙여 나는 근처 우체통에 넣었다. 그런데 편지를 우체통에 넣은 순간, 다리가 휘청거렸다. 이상한 사람일지도 모르는 여자에게 굳이 내 신원을 알려주었다는 생각에 심장이 덜컥 내려앉았다. 혹시나 하는 생각으로 우체통에 손을 넣어보았지만, 편지에 손이 닿을 리 없었다.

"바보."

그런 나를 '터줏대감'이 비웃었다.

"진작에 그쪽은 너의 신원을 알고 있는 거야. 그러니까 편지가 오지."

듣고 보니 그랬다. 오늘은 머리의 회로가 끊겨 있는 것 같다. 정신 차려, 하고 내 머리를 두세 번 콩콩 쥐어박았더니 현기증이 났고 나는 바닥에 쓰러졌다. 그리고 의식을 잃었다. 거기서부터 어떻게 됐는지는 전혀 기억이 나지 않는다.

나중에 들은 바로는 나는 동료의 차로 우선 병원까지 옮겨졌지만, 잠시 정신이 돌아와서 도착한 곳이 병원임을 알자 완강하게 거부하며 차에서 내리지 않았다고 한다. 동료들은 할 수 없이 나를 집까지 데려다주었다. 집에 도착하여 체온을 재자 40도를 넘었다고 한다.

그리고 나는 깊은 잠 속을 계속 헤맸다.

○

그 봉투는 평소보다 조금 묵직했다.

히로코는 봉투를 뜯었다. 뭐가 들어 있나 했더니 A3 사이즈로 확대된 운전면허증이었다.

"그것 봐, 역시 내 추리가 적중했지? 후지이 이츠키는 정말 있었던 거야."

운전면허증을 본 아키바는 혼자서 몹시 기뻐하며 말했다.

"작전 대성공이야."

"무슨 말이야?"

"실은 나도 몰래 편지를 썼어. 너 누구냐, 정말 후지이 이츠키라면 증거를 보여라, 이렇게 말이야."

히로코는 경악했다.

"아냐, 괜찮아. 편지는 제대로 경어로 썼고 히로코의 글씨를 그대로 흉내 내어 썼으니까 걱정하지 마."

"……."

"설마 이렇게 명쾌한 해답이 오리라고는 생각하지 못했어."

"……."

"히로코, 우리 오타루에 가보지 않을래?"

"뭐?"

"사실은 말이야, 마침 오타루에 갈 일이 생겼어. 오타루는 유리공예로 유명한 곳이거든. 그곳에 있는 친구가 전시회를 한다고 초대장을 보내왔어. 귀찮아서 거절할까 망설이고 있었는데, 생각해 보니 이 후지이 이츠키라는 사람의 정체를 파헤칠 절호의 기회 같아서."

"……."

"어떻게 할래? 적의 정체를 파헤칠 좋은 기회인데."
"적이 아냐!"
갑자기 히로코의 목소리가 거칠어졌다.
"뭐?"
"너무해."
"……."
"이제 이걸로 끝이야. 이제 그만해."
히로코는 동봉한 편지를 아키바에게 보여주었다.

이것이 증거입니다.
이제 편지 그만 보내세요.
그럼 안녕.
후지이 이츠키

아키바는 그제야 자신이 너무 지나쳤음을 깨달았다. 그러나 이미 늦었다는 것도 알 수 있었다.
히로코는 크게 복사된 얼굴을 손가락으로 쓰다듬으며 말했다.
"화가 많이 나셨군요. 미안해요."
"……."

"그 감기약, 먹었을까?"

"……"

"이제 감기 나았을까?"

"미안."

"됐어."

"내가 잘못했어."

"됐다니까."

종이 위로 한 방울, 눈물이 떨어졌다. 히로코는 손가락 끝으로 그것을 닦았다. 닦아도 닦아도 눈물이 자꾸자꾸 복사된 얼굴 위로 떨어졌고 히로코는 그것을 하나하나 닦았다.

"그의 편지였어. 그가 써준 거야."

이 말에 아키바의 안색이 바뀌었다.

"이런 빌어먹을 편지가 온 게 탈이야."

아키바는 편지를 뭉쳐 던져버렸다. 히로코는 믿을 수 없다는 얼굴로 아키바를 보았다. 그리고 편지를 주워 무릎에 놓고 다시 폈다.

"후지이일 리가 없잖아! 그 녀석이 편지 따위 쓸 리가 없어!"

히로코는 놀라서 아키바를 보았다.

고개를 숙이고 감정을 추스르느라 한참을 애쓰던 아키바

가 입을 열었다.

"미안⋯⋯. 미안해."

무거운 침묵이 두 사람을 감쌌다.

아키바는 깊이 후회하고 있었다. 참아야 했다. 자신이 참지 않으면 이내 깨져버릴 관계라는 것을 아키바가 가장 잘 알고 있다.

"히로코?"

"응?"

"오타루에 가보지 않을래?"

"⋯⋯."

"오타루에 가서 이 사람을 만나보지 않을래?"

"⋯⋯."

"이왕 이렇게 된 바에 본인을 만나보지?"

"⋯⋯."

"그 녀석과 같은 이름을 가진 사람이잖아. 만나코자."

"⋯⋯."

"폐를 끼쳐서 미안하다고 생각한다면 사과하면 되잖아. 나도 함께 사과할 테니까. 어때?"

"⋯⋯."

히로코는 코를 훌쩍거리면서 편지를 접었다. 그리고 조용히 말했다.

"끝은 싫어."

"뭐?"

"이제 끝은 싫어."

"……그렇지."

"…….."

"오타루 가볼 거지?"

히로코는 가만히 고개를 끄덕였다.

5

고비는 넘겼지만 몸은 여전히 좋아지지 않았다. 후들거리는 다리로 서고 정리를 돕는 내게 '터줏대감'은 사정없이 일을 시켰다. 감기도 너무 오래 끌면 아무도 챙겨주지 않는다.

"감기 따위 땀만 푹 흘리면 낫는 거야. 너무 자신을 과보호하면 언제까지고 낫지 않아."

"이까짓 감기 안 나아도 상관없어."

무거운 책들을 안아 들며 나는 끙끙거리는 소리를 내고 있었다.

"난 그렇게 생각해. 감기도 그렇지만 사회인의 경우 결국 스트레스가 만병의 원인이 아닐까?"

"너도 스트레스가 쌓이니?"

얼핏 보니 '터줏대감'은 또 책장을 뜯고 있다.

"스트레스에는 이게 최고야."

"그런 짓 하다가 너 언젠가 벌 받는다."

"아야!"

내 말이 끝나기 무섭게 '터줏대감'이 소리를 질렀다. 손에 들고 있던 책이 바닥에 우르르 쏟아졌다. 어떻게 된 일인지는 모르겠지만 '터줏대감'은 한 손으로 다른 쪽 손을 누르며 아파한다.

"봐, 내가 말했잖아!"

'터줏대감'은 손을 누른 채 움직이지를 못했다.

"괜찮아?"

"너무 아파……."

그렇게 말하며 '터줏대감'은 자기 손을 보더니 아연실색했다. 손이 잘려 나가 선혈이 낭자한 것이 아닌가.

"아악!"

'터줏대감'이 절규했다. 바닥을 보니 아까 그가 떨어뜨린 책이 떨어진 손목을 마구 갉아먹고 있다. 나는 무슨 일이 일어났는지 영문도 모르는 채 그 자리에 바싹 얼어붙어 있었다. '터줏대감'은 죽는다고 울부짖고 있다. 뭔가가 아주 가까

이서 움직이는 기척이 나서 나는 깜짝 놀라 내 손을 보았다. 그러자 아까부터 내가 안고 있던 책 가운데 제일 위의 녀석이 입을 벌리고 내 손목을 물려 하고 있다. 크게 벌린 입속에 날카로운 이가 무수하게 돋아나 있는 것이 보였다. 나는 황급히 책을 떨쳐내려고 했지만 몸이 결박되기라도 한 듯이 움직이지 않는다. 이제 끝이라고 생각할 틈도 없이 책은 뱀처럼 잽싸게 내 팔에 덤벼들었다.

"아아아아악!"

물론 꿈이었다. 깨어보니 온몸이 땀으로 푹 젖었다. 일단 나는 손목이 무사한 것을 확인하며 안도의 한숨을 내쉬었다.

도서관에서 쓰러진 후 집으로 와서 지금까지 나는 혼수상태에 가깝게 잠을 잔 모양이다. 반나절 정도 지났는가 싶었는데 하루 반이 지나 있었다.

비명을 듣고 엄마가 왔다.

"덕분에 불면증이 나은 것 같아."

이 철없는 소리에 엄마도 어이가 없어서 내 이마를 찰싹 때렸다.

"뭐 하는 거야, 환자한테."

"환자라면 제발 부탁이니까 병원에 좀 가줘."

"장 자크 루소가 말했어. 병을 무서워하며 발버둥 치는 것이 인간의 나쁜 점이라고."

"아직 열이 식지 않았나 보구나."

엄마는 아까 때린 내 이마에 물수건을 올려놓고 방을 나갔다.

"잠깐만……."

수건에서 흐르는 물이 목덜미까지 흘러내렸지만 그걸 닦을 힘조차 없었다.

"잠깐만, 물이…… 엄마!"

다음 날 저녁 무렵, 아야코와 미도리가 병문안을 왔다. 두 사람은 환자는 무시하고 수다만 떨다 선물로 사 온 케이크를 둘이서 다 먹어치웠다. 평소라면 미친 듯이 달려들었을 바닐라 에센스 향이 오늘은 이상하게 역겨웠다. 녹차로 목을 축이던 아야코가 문득 생각났다는 듯이 말했다.

"그러고 보니 '터줏대감'이 안부 전해달랬어."

"응, 그래."

"그 애, 오늘 서고에서 다쳤다."

"손목?"

"그걸 어떻게 알아?"

이것도 꿈인가, 하고 나는 생각했지만 뭔지 잘 모르겠다.

"'터줏대감'은 역시 이상해. 오늘도 이츠키 병문안에 뭘 갖고 갈까 의논했더니 그 애가 뭐라고 한 줄 알아?"

"글쎄."

"맞혀봐."

"모르겠어."

"살모사 주. 그것도 진짜 살모사 한 마리를 통째로 담근 것으로."

온몸에 소름이 돋은 나는 침대에서 펄쩍 뛰었다.

"진짜 이상해, 그 애."

"맞아, 이상해."

아야코와 미도리는 서로 마주 보며 이상해 이상해 하고 계속 끄덕였다.

"저기, 뭐가 이상하다고 했지?"

그렇게 말하며 돌아보니 두 사람의 모습은 이미 없었다. 케이크의 흔적이 남아 있는 것을 보니 일단 꿈은 아닌 것 같다. 내가 어느새 잠들어서 조용히 돌아간 모양이다. 방에 어둠이 스며들었다. 물을 마시려고 몸을 일으키니 머리맡에 주전자와 약병과 함께 편지가 한 통 놓여 있다. 이제 완전히 낯익은 그 봉투는 와타나베 히로코에게서 온 것이다.

나는 편지를 읽었다.

후지이 이츠키 님.

편지 고맙습니다.

다음 달 오타루에 간답니다.

시간 있습니까?

몇 년 만인가요. 이츠키 씨를 만나는 것이. 정말 기대됩니다,

머리 모양은 달라졌을까요?

갈 날이 가까워지면 전화하겠습니다.

와타나베 히로코

히로코 씨가 온다.

기쁜 마음에 나는 그에게 답장을 쓴다.

와타나베 히로코 님.

정말 오랜만이군요.

어느 정도 이곳에 있을 수 있나요?

만약 괜찮으시다면 우리 집에 머물렀다 가세요.

쌓이고 쌓인 이야기로,

하루 이틀 밤으로는 부족할 것 같은데요.

거기까지 썼을 때 잠이 깼다. 이미 한밤중이었다. 땀에 푹

젖어 있다. 대체 어디서부터가 꿈인가. 그것도 잘 알 수 없었다.

나는 침대에서 일어나 화장실에 갔다. 볼일을 본 후, 다시 계단을 올라가려 하는데 엄마가 방에서 얼굴을 내밀었다.

"괜찮니?"

"응, 지금 좋아. 최종 라운드."

"무슨 소리 하는 거야. 그렇게 땀을 흘리고 있으면서. 잠옷 갈아입어라."

"응."

나는 비틀거리며 계단을 올라 방으로 돌아왔다. 그리고 서랍장에서 새 잠옷을 꺼내 갈아입으려고 했지만 캄캄한 어둠 속에서 소매가 어딘지 알 수 없었다. 머리를 꺄운 채 스탠드 불을 켰다. 그랬더니 책상에 묘한 것이 있었다.

한 홉짜리 병이었다. 그 안에는 아주 큰 뱀이 한 마리 들어 있다.

거기서 나는 또 눈을 떴다.

그렇게 꿈과 현실의 경계를 떠돌다가 아침을 맞았다. 거실 탁자에서 죽을 앞에 두고 앉았지만 아직 꿈을 꾸는 기분이었다.

"안녕하세요!"

아침부터 힘찬 목소리가 현관에서 들려왔다.

"아베카스 고모부?"

"그래. 함께 집을 보러 가기로 했어."

"아, 좋겠다. 나도 가고 싶어."

"무슨 소리 하는 거야. 환자인 주제에."

"집 보는 정도는 괜찮아."

엄마는 나를 무시하고 일단 나갔지만 이내 되돌아와서 말했다.

"금방 준비할 수 있니?"

나는 서둘러 옷을 갈아입었다.

아베카스 고모부는 죽은 아버지 여동생의 남편으로 부동산 가게를 운영한다. 옛날부터 이사 얘기가 나올 때면 반드시 찾아오는 인물이다. 아베카스 고모부는 우리 집 이사에 적극적이다. 인연을 맺어준 집을 부술 생각이냐고 할아버지는 나무라지만, 기왕 부술 거라면 자기 손으로, 라는 것이 아베카스 고모부의 변명이다.

그래서 할아버지는 이 사위를 싫어한다.

현관에서 나온 우리 세 사람을 정원에서 나무 손질 하던 할아버지가 못마땅한 듯이 노려보았다. 이 배신자! 내심 그렇게 생각할 게 틀림없다.

"장인어른께서는 아직도 반대이십니까?"

차를 운전하면서 아베카스 고모부가 말했다.

"아침부터 정원에서 일을 하시다니. 뭔가 심으시는 것 같던데요. 역시 오래 사신 집이어서 미련이 많으신가 봐요."

"고모부, 악덕 부동산이라고는 생각할 수 없는 대사인데요, 그거."

조수석에 앉은 엄마가 뒤돌아보며 눈을 흘겼다.

"이츠키, 누가 악덕 부동산이라는 거야?"

그러고는 아베카스 고모부를 보며 덧붙였다.

"노인의 옛날 향수를 맞춰주기만 할 수도 없죠. 앞으로 5년이면 천장이 무너질 거라고 말한 것은 고모부잖아요."

"그건 틀림없습니다. 솔직히 말하면 지금까지 잘 살고 계신 게 신기하다고요."

"그렇게까지 말할 필요는……."

"아니, 말하자면 그렇단 말이죠. 허허허허허."

멋쩍은 웃음소리가 좁은 차 안에 가득해졌다.

"그렇지만 형님이 살아 계셨더라면 어떻게든 대책을 세웠을 텐데 말입니다. 지은 지 60년쯤 됐죠, 그 집? 옛날 건물들은 너무 탄탄하게 지어서요. 여기저기 손을 보기보다 다시 짓는 쪽이 싸죠."

그 얘기는 벌써 백 번도 더 들었다.

그건 그렇다 치고 이 차, 히터가 너무 심하다. 게다가 나는 집에서 가져온 담요를 둘둘 말고 있는데 말이다.

"저기, 좀 더워."

그렇게 말하고 담요를 벗으려 하자 엄마가 다시 노려보았다.

"푹 뒤집어쓰고 있어."

평소라면 그런 명령을 들을 생각도 않겠지만, 맨션 구경을 위해서는 시키는 대로 얌전하게 따를 수밖에 없다.

아베카스 고모부가 끼어들었다.

"이츠키, 감기를 무시해서는 안 돼. 마리모 전기 알지?"

"마루쇼 건너편요?"

"그래. 거기 주인도 우리 집 단골인데 요전에 감기를 심하게 앓았지. 평소에 감기 한 번 걸리지 않는 사람이어서 이건 귀신의 장난이라고 다들 말했는데 말이야, 의외로 그런 사람이 감기에 걸리니까 무섭더라고. 갑자기 심해져서 입원했는데 폐렴이었어."

"죽었나요?"

"설마. 폐렴 정도로 죽지야 않지. 한 달 정도 입원했다가 퇴원했어."

"우리 아빠는 그걸로 돌아가셨잖아요."

"어, 형님이? 그랬던가?"

엄마가 차가운 시선을 그에게 던졌다.

"벌써 잊었어요?"

"설마요. 잊지 않았습니다."

"어차피 죽은 사람, 다들 잊어버리게 돼 있죠."

"……."

궁지에 몰린 고모부가 왠지 우스워서 나는 갑자기 웃음을 터뜨렸다. 그런데 그 직전에 엄마가 한 마디 덧붙인 탓에 이상한 포인트에 웃음을 터뜨린 꼴이 됐다.

"아빠를 감기로 잃었으면서 정신 못 차리는 딸도 있고요."

"푸후후."

엄마가 돌아보며 날카롭게 물었다.

"뭐가 우스워?"

굳이 설명하기도 그래서 나는 잠자코 있었다.

"허허허허."

경련을 일으키는 쥐 같은 웃음소리가 그 사이를 메웠다.

맨션 구경 간다더니 차가 멈춘 곳은 시내에 있는 적십자병원이었다. 엄마에게 당한 것이다.

"눈치채지 못한 네가 바보지, 뭐."

밉살스러운 대사를 남기고 엄마는 고모부와 맨션 투어에 나섰다.

병원에 대체 몇 년 만인가. 정확하지 않지만 이 적십자병원에 발을 들이민 것은 중학교 3학년 때 이후 처음이다.

잊을 리가 없다. 아빠가 숨을 거둔 곳이 이 병원인걸. 그 생각을 하면 타의로 오긴 했지만 이렇게 서 있는 것이 결코 쉬운 일이 아니었다. 자타공인 병원공포증이 생긴 무대가 바로 이곳이다.

나와는 달리 엄마는 축농증 치료를 받으러 이곳을 예사로 드나들었다. 그러면서 드라마에서 병사하는 장면이 나오면 눈물이 그렁그렁해져 텔레비전을 끈다. 그런 감성이 내게는 없다.

아빠의 갑작스러운 죽음은 당시의 내게 뚜렷한 슬픔을 주지는 않았다. 운 기억조차 없다. 태어나서 처음으로 가까운 사람의 죽음에 직면한 나는 이게 대체 어떻게 된 일인가 생각하는 동안 모든 것이 끝난 느낌이었다. 그다음에는 몹시 무겁고 어둡고 처량한 인상만이 남았다.

병원 특유의 냄새가 그 무렵의 기억을 자극하여 나는 완전히 무겁고 어둡고 처량한 기분이 되어버렸다. 대합실 서가에는 그때처럼 만화책이 나란히 꽂혀 있다. 나는 그 가운데서 한 권을 빼서 의자에 앉았다.

전광판 마지막에 표시된 내 접수번호는 좀처럼 앞으로 나아가지 않아 그동안 만화책 다섯 권을 독파했다. 이제 만화책에도 질려, 시사주간지를 꺼내 펼쳤지만 건성으로 페이지만 넘기는 동안 어느새 잠이 들어버렸다.

잠깐 사이에 꿈을 꾸었다. 그 꿈속에는 중학생인 나와 엄마와 할아버지가 있었다. 나는 길 가운데 얼어붙은 커다란 물웅덩이를 발견하고 마치 스케이트를 타듯 그 위를 기세 좋게 미끄러져 나갔다.

"위험해!"

뒤에서 엄마가 소리치고 있다.

그것은 꿈이라고는 할 수 없을지도 모른다. 왜냐하면 실제로 있었던 일이기 때문이다. 아빠가 죽은 날 병원에서 돌아오는 길의 광경이었다. 나는 반쯤 꿈을 꾸면서 그날을 떠올리고 있었는지도 모른다.

"후지이 씨."

내 이름을 부르는 소리에 그제야 정신이 퍼뜩 들었다.

"후지이 이츠키 씨!"

"예."

아직 확실히 정신이 돌아오지 않은 내 머릿속에서 누군가가 함께, 예! 하고 대답을 했다.

　응? 지금……?

　이상하게 생각한 내 뇌리에는 한 소년의 모습이 떠올랐다. 교복을 입은 그 소년은 맑은 눈길로 나를 보고 있었다.

○

　오타루는 북쪽의 작은 항구마을이었다. 길가에는 낡은 건물이 늘어서 있고, 그 가운데에 아키바가 말했듯이 유리공예점이 몇 개 나란히 자리했다.

　아키바는 히로코를 지인의 유리공방으로 안내했다. 자기 공방에 비해 크고 깨끗한 내부 모습을 보고 아키바는 이렇게 말했다.

　"여기는 관광객을 대상으로 하기 때문이야."

　아키바의 지인은 호쾌하다는 말이 어울리는 거구의 남자였다. 유리 세공 같은 섬세한 일에 어울리지 않는 사람이라고 히로코는 생각했다.

　"요시다 씨야."

　"잘 부탁합니다."

　요시다는 히로코에게 커다랗고 털이 많이 난 손을 내밀었다. 잡아보니 까칠까칠한 게 아키바의 손 감촉과 어딘가 닮아 있었다. 역시 유리 장인의 손이다. 요시다가 아키바에게 물었다.

"아키바, 여자친구야?"

"후지이의 약혼자야."

"아, 그래……."

요시다는 좀 놀랐다.

"그 사람을 아세요?"

"우리는 대학 동창이야."

아키바가 대신 대답했다.

"좁은 학교였으니까요. 다 친구죠."

"그렇군요."

"그건 그렇고 요시다, 전시회는 어디서 하냐?"

"하하하! 전시회라고 거창하게 말할 건 아니지만."

처음에는 겸손하게 말하는 것이라고 생각했지만, 현실은 그 겸손함을 그대로 받아들여도 모자랄 지경이었다. 두 사람은 1층 매장으로 안내됐다. 사방 한 평도 안 되는 공간에 크고 작은 꽃병이 열 개 정도 진열된 게 전부였다. 그럼에도 '오타루 신예작가 5인전'이라는 팻말은 확실하게 붙어 있다.

"이거야?"

"하하하하!"

"고베에서 여기까지 불러놓고 겨우 이거야. 요시다, 이 자식, 완전히 사기꾼이잖아."

"하하하하! 사실대로 말하면 오지 않을 거잖아. 이따 저녁에 맛있는 술 사줄 테니까 용서해."

요시다는 아키바의 어깨를 툭툭 치며 말했다.

저녁에 요시다와 그의 동료들과 어울려 선술집에서 술자리를 가졌다. 화제는 유리공예에 관한 것뿐이어서 히로코는 그저 듣고 있기만 했다.

"후지이 이츠키? 아아, 알지."

히로코는 무심결에 귀가 번쩍 뜨였다. 어느새 화제가 그리로 넘어갔다.

"뭐? 정말?"

아키바가 흥분한 목소리로 되물었다.

"그럼. 초등학교 때 같은 반이었어. 같이 잘 놀았지."

그렇게 말한 것은 요시다의 동료 가운데 한 사람인 오토모였다.

"정말 세상 좁다니까."

요시다도 새삼스레 감탄했다.

"그 녀석 집이 어느 쪽이었죠?"

아키바가 물었다.

"예?"

"제니바코라는 곳 있죠? 그쪽입니까?"

"아닙니다, 오타모이라는 곳에 살았어요."

"오타모이?"

그 낯선 지명의 장소가 그의 옛날 집 주소란 말인가? 두 사람은 오토모에게 부탁해 다음 날 그 장소에 함께 가보았다.

그곳에 도착하자마자 오토모가 소리를 질렀다.

"아, 그렇구나. 5호선이 깔렸구나."

눈앞에는 국도 5호선이 펼쳐져 있었다. 야스요가 말한 대로였다. 세 사람은 그대로 그의 집이 있었을 곳 즈변을 더듬었다.

"아마 이쪽이었을 텐데."

주변 풍경과 대조하면서 오토모가 가리킨 지점은 역시 길 한복판이었다.

오가는 차들이 길 한복판에 서서 지면을 들여다보고 있는 세 사람을 스쳐 지나갔다. 아마도 운전자들은 이상하게 생각했으리라.

"오두막집도 없네."

아키바가 히로코에게 속삭였다. 그런 다음 오토모에게 물었다.

"그 녀석과 같은 후지이란 이름의 사람 혹시 아세요?"

"후지이? 글쎄요, 모르겠네요."

"오토모 씨도 이로나이 중학교 출신인가요?"

"아뇨. 학군이 달라요. 저는 나가바시 중학교를 다녔죠."

"그렇군요."

어쨌든 야스요의 말대로였다. 그 주소는 역시 그의 것이 아니었다.

아키바가 돌아보자 히로코는 물끄러미 발밑을 내려다보고 있다. 그리고 시선을 떨군 채 쓴웃음을 지었다.

"나……."

"응?"

"최초의 편지, 여기로 보냈구나."

히로코는 노면을 가리켰다.

6

두 사람은 오토모에게 인사를 하고 헤어졌다. 그리고 택시를 탔다. 목적지는 그 편지의 집이다.

"제니바코 2초메 24번지로 부탁합니다."

아키바가 운전사에게 말했다.

"손님들, 오사카에서 오셨습니까?"

"아뇨, 고베에서 왔습니다."

"그렇군요. 오사카와 고베는 말씨가 다릅니까?"

"글쎄요."

아키바가 운전사와 이런저런 대화를 나누는 동안 히로코는 창밖의 풍경을 내다보았다. 고베와 조금 닮은 느낌이 드는 것은 언덕이 많은 탓일까? 그런 생각을 하면서 히로코는 내심 몹시 긴장하고 있다고 느꼈다. 그 여자를 만나러 가고 있지만 마음의 준비가 전혀 되어 있지 않았다.

"저기."

"응?"

"만나서 뭐라고 하면 좋을까?"

"글쎄. 뭐라고 하면 좋을까?"

아키바는 아주 태평이다. 어느새 목적지 부근에 도착했다.

"이 부근입니까?" 하고 운전사가 물었다.

"예? 이 부근인가요?" 하고 아키바가 되물었.

두 사람은 그쯤에서 택시를 내렸다. 그 주변은 인가가 적었다. 가장 가까운 집부터 돌아보기로 하고 들른 첫 번째 집이 바로 그 집이었다. 문패에 '후지이'라고 적혀 있다. 홋카이도 식의 낡고 귀여운 양옥이었다.

"정말 있구나."

"어떡하지."

히로코는 쿵쿵거리는 심장을 어찌할 줄 몰랐다.

"우리는 여행자야. 여행자는 창피할 게 없는 법이야."

그렇게 말하며 아키바는 거침없이 문을 열고 들어갔다.

"실례합니다."

정원에 있던 노인 한 사람이 인기척을 듣고 다가왔다. 아키바는 머리를 깊숙이 숙여 노인에게 인사했다. 노인의 눈에 띄지 않을 정도로 뒤에 서 있던 히로코도 따라서 고개를 숙였다.

"저, 여기가 후지이 이츠키 씨 댁입니까?"

"맞소만."

"저, 이츠키 씨 계십니까?"

"없습니다만."

"아, 그렇습니까."

"친구입니까?"

"아뇨, 네, 뭐 그런 셈입니다."

"곧 돌아올 것 같긴 한데……."

"어디 가셨는지요?"

갑자기 노인의 표정이 바뀌었다.

"글쎄요. 내게는 아무 말도 하지 않으니까요. 이 집 인간들은."

"……아, 그렇습니까."

"지들 가고 싶은 데로 멋대로 가라지. 나는 계속 여기 있을 거니까."

"예?"

노인에게는 이미 아카바가 보이지 않는 듯했다. 그대로 정원으로 돌아가려는 것을 아키바가 붙들었다.

"저……."

노인이 돌아보았다.

"줄곧 이곳에서 사셨습니까?"

"그렇소."

"언제부터……."

"오래됐소."

"10년 이상입니까?"

"훨씬 훨씬 전이요. 쇼와 초부터요."

"그렇게 오래전부터 사셨군요!"

"왜 묻소?"

"아, 저택이 훌륭해서……."

"자네 누구야?"

"예?"

노인은 갑자기 경계심을 드러냈다.

"부동산에서 왔어?"

"아뇨, 그런 것 아닙니다."

"아베카스의 동료인가?"

"아베카스? 누구죠?"

"……아닌가."

노인은 무서운 얼굴로 아키바를 노려보았지만, 곧 뭐라고 중얼중얼하면서 정원 쪽으로 사라졌다. 아키바는 휴 하고 한숨을 쉬었다.

"뭐야, 저 영감쟁이는."

그렇게 말하며 아키바는 여전히 뒤에 서 있던 히로코에게로 되돌아왔다.

"후지이 이츠키라고 하는 여자는 역시 진짜로 있는 것 같아."

"들었어."

"곧 돌아온다고 하는데 어떻게 할래? 저기서 기다릴까?"

히로코는 아직 만날 용기가 나지 않았다. 그러나 여기까지 와서 되돌아갈 수도 없다.

두 사람은 한참 대문 옆에서 그가 돌아오기를 기다렸다. 히로코는 그동안 편지를 썼다. 마음을 정리하기 위해서이기도 했다. 그리고 만약 그 편지를 다 쓸 때까지 후지이 이츠키가 오지 않으면 그것을 우편함에 넣고 돌아가기로 했다.

후지이 이츠키 님.

당신을 만나기 위해, 그리고 사과를 드리기 위해 오타루에 왔습니다.

지금 이 편지를 당신 집 앞에서 쓰고 있습니다.

제가 아는 후지이 이츠키는 당신이 아니었던 것 같군요.

오늘 여기 와서야 비로소 모든 것을 알게 됐습니다.

제가 아는 후지이 이츠키는 남자입니다. 그리고 옛날 제 연인이었던 사람입니다.

최근 우연히 그의 옛날 주소를 보고,

배달되지 않을 것을 알면서 쓴 편지가 그 최초의 편지였습니다.

그는 2년 전……

히로코는 잠깐 펜을 멈추고 지금 쓴 '그는 2년 전'이라는 부분에 선을 몇 번이나 그어서 지워버렸다. 그리고 지운 글 뒤로 계속 편지를 써내려갔다.

그가 지금은 어디서 무엇을 하는지 저는 모릅니다.

그저 지금도 때때로 생각이 날 뿐입니다.

어딘가에서 잘 지내고 있겠지 생각합니다.

그런 생각으로 쓴 편지였습니다.

사실은 아무 데도 배달되지 않아도 상관없었습니다.

그것이 설마 동성동명인 당신에게로 배달되리라고는 생각도 못 했습니다.

폐를 끼쳐서 정말 미안합니다.

절대 나쁜 마음은 없었습니다.

당신을 만나고 싶었지만 그럴 용기가 나지 않습니다.

편지로만 알게 된 관계였습니다.

편지로만 인사드리고 갑니다.

와타나베 히로코

얼굴을 들자 아키바가 들여다보고 있었다. 히로코는 쑥스러운 듯이 감추면서 편지지를 접어 봉투에 넣었다.

주위를 둘러보았지만 여전히 본인이 돌아올 기미는 없었다.

"갈까?"

히로코가 말했다.

"기다리지 않고?"

"응."

그렇게 말하고 히로코는 편지를 우편함에 넣었다. 그때 멀리서 오토바이 소리가 들려왔다. 돌아보니 우체부였다. 우체부는 빙그레 웃으면서 다가왔다.

히로코는 무심코 인사를 했다.

"자, 여기!"

"아……."

우체부는 히로코에게 우편물을 직접 건네며 아키바를 수상하다는 듯이 노려보았다. 그리고 오토바이에 올랐다가 뭔가 생각난 듯이, 앗 하고 외치며 돌아보았다.

"저기!"

우체부는 히로코를 향해 말을 걸었다.

"예?"

"……아냐, 다음에 말하지, 뭐."

그렇게 말하고 우체부는 떠났다.

"누군가와 착각했나?"

아키바가 말했다.

"글쎄……."

"하여간 이상해, 오타루 사람들은."

돌아가는 길에 택시가 한 대 올라오는 것이 보였지만, 손님을 태우고 있었다.

"작은 마을이니까 곧 큰길이 나올 거야."

할 수 없이 두 사람은 계속 걸었다.

"저기 말이야."

아키바가 말했다.

"아까 쓴 편지……."

"응?"

"왜 거짓말을 썼어?"

"응?"

"그 녀석이 죽은 것."

"……."

"쓰지 않았잖아."

"……."

"어째서?"

"어째서일까. ……좋은 소식은 아니니까."

"그렇긴 하네."

뒤에서 클랙슨이 울려 두 사람은 깜짝 놀랐다. 돌아보니 택시가 정차하며 낯익은 얼굴의 운전사가 얼굴을 내밀었다. 오는 길에 태워주었던 택시였다.

"이거 운이 좋은걸."

두 사람은 택시를 탔다. 운전사도 그 우연이 기쁜지 웃으며 말했다.

"저 언덕길에서 손님들이 손 들었죠? 방금 손님 내려주고 서둘러 돌려서 왔습니다."

"그랬군요. 고맙습니다."

"어디까지 가십니까?"

"어떡할까?"

히로코는 문득 룸미러를 통해 운전사의 시선을 느꼈다. 히로코와 시선이 마주친 운전사는 쑥스러워하면서 말했다.

"아, 방금 내린 여자 손님과 많이 닮아서요."

"예? 저요?"

아키바가 시침을 떼며 말했다.

"아뇨. 옆의 아가씨."

"그래요?"

"정말 닮았어요. 자매는 아닙니까?"

"아뇨, 설마. 오타루에 처음인데요."

"아, 그런가요."

그렇게 말하면서 운전사는 룸미러로 히로코를 몇 번이나 보았다. 히로코는 쓴웃음을 지었다. 그리고 창밖으로 시선을 옮긴 히로코가 갑자기 소리를 질렀다.

"아, 잠깐 멈춰주세요."

"왜 그래?"

"이 중학교……."

두 사람은 그곳에서 택시를 내렸다.

교문에는 오타루 시립 이로나이 중학교라고 씌어 있었다. 그가 졸업한 중학교였다.

운동장에는 아무도 없었다.

"지금 봄방학인가?"

"그렇겠다."

두 사람은 학교 안으로 들어갔다. 처음 오는 학교였지만 교사의 구조는 어디나 비슷했다. 두 사람은 제각기 기억의 지도를 빌려 학교 안을 걸어 다녔다.

"들키면 혼날 거야."

그렇게 말하면서 두 사람은 건물 안으로 잠입했다. 교무실에 누군가가 있는 기척이었다. 두 사람은 그 옆을 발꿈치를 들고 가만가만 통과했다. 히로코는 앨범에서 본 대로 3학년 2반 교실을 찾았다. 3층 안쪽에서 두 번째 교실이었다.

두 사람은 교실에 들어가 보았다.

"여기서 공부했구나."

"공부는 무슨. 교과서에 낙서나 하고 있었을걸."

"그럴지도 모르지."

그렇게 대답하는 히로코는 어쩐지 붕 떠 있는 듯했다. 뭔가 이상한 기분이 히로코를 감쌌다.

"그의 자리는 어디였을까?"

그렇게 말하면서 히로코는 교실 창가 자리에 앉았다.

"이쯤일까?"

히로코는 교실을 빙 둘러보고 창밖도 바라보았다.

"여기는 내가 모르는 장소야."

히로코는 말했다.

"이런 장소가 분명 많이 있을 거야."

"그래."

아키바는 한가운데 자리에 앉았다.

"같은 이름의 그 여자, 그 녀석의 동급생이었겠지."

"뭐?"

"좁은 동네잖아. 그런 우연도 없다고 할 수 없지."

"……그렇구나."

아키바가 갑자기 손뼉을 쳤다.

"그래! 분명히 그럴 거야."

"뭐?"

"이것으로 모든 수수께끼가 풀렸어."

"무슨 소리야."

"모르겠어?"

"아직 수수께끼 풀기?"

"무슨 소리 하는 거야. 네가 바보 같으니까 내가 생각해 주는 거잖아."

"뭐, 내가 바보 같다고?"

"그래. 그 바보 같은 실수가 이 사건의 열쇠였어."

"무슨 말이야?"

"졸업앨범에서 발견했지? 그 주소."

"응."

"그 여자 주소가 거기 있었지?"

"……."

"그 여자가 그 녀석과 같은 졸업생이라는 말이잖아?"

"……."

"이름이 같으니까 히로코가 무심히 베껴 쓰게 된 거지."

만약 두 사람이 같은 졸업생이었다면 그 앨범에 그의 주소도 실려 있게 된다. 그것을 그의 주소라고 착각할 가능성은 충분히 있다.

"그런가?"

"틀림없어."

"그럼, 모두 내 착각이라는 말이네?"

히로코는 좀 쑥스러웠다.

"그렇게 되는군."

아키바는 히죽히죽 웃으면서 칠판 앞으로 가더니 낙서를

했다. 우산을 그리고 그 아래 '후지이 이츠키'를 두 번 썼다.

"같은 학교에 같은 이름이 있다니."

"그것도 남자와 여자가 말이야."

"신기한 이야기지만 있을 수 없는 일도 아니구나."

"그래."

"혹시 그 여자, 후지이의 첫사랑이지 않았을까?"

"뭐?"

그 말에 히로코는 무엇인가를 떠올리려 했다. 기억을 더듬으려 했지만 느닷없는 방해꾼의 등장에 실패했다.

"뭐야, 당신들?"

입구에 당직 교사가 나타났다. 두 사람은 황급히 뒷문으로 달아나 복도를 달려 계단을 뛰어 내려갔다. 건물에서 벗어나 운동장을 달리면서 아키바가 말했다.

"오타루 촌 동네에서 뭐 하고 있는 거냐, 우리?"

교문 밖에 아까의 택시 운전사가 빙그레 웃으면서 기다리고 있었다.

○

병원에서 돌아온 나는 우편함에서 내 앞으로 온 편지를 발견했다. 그 편지에는 소인도 우표도 없고, 봉투는 풀칠도 되어 있지 않았다. 뒤에는 와타나베 히로코의 이름이 씌어 있었다. 나는 그 자리에 서서 편지를 꺼내 읽었다.

#후지이 이츠키 님.
당신을 만나기 위해 그리고 사과를 드리기 위해 오타루에 왔습니다.
지금 이 편지를 당신의 집 앞에서 쓰고 있습니다.

나는 깜짝 놀랐다. 심장이 쇼크를 받은 나머지 찌부러지지 않았나 싶을 정도였다. 무심결에 주위를 둘러보았지만 수상한 사람의 인기척은 아무 데도 없었다.
"이츠키."
할아버지가 정원에서 불렀다.
"친구들이 왔었다."
"어떤?"
"남자와……."
"남자?"
"아니, 여자도 함께 있었는데."
"어떤 여자?"

"잘 보지 못했다."

그 여자가 와타나베 히로코인가? 남자는 공범자? 역시 여러 명이 벌인 일이라는 가설이 옳았던 건가?

"아까까지 밖에서 기다렸는데 말이다. 지쳐서 가버렸나?"

나는 2층의 내 방에 올라가 편지의 나머지를 읽었다.

제가 아는 후지이 이츠키는 어쩐지 당신이 아니었던 것 같군요.

오늘 여기에 와서야 비로소 모든 것을 확실히 알게 됐습니다.

제가 아는 후지이 이츠키는 남자입니다. 그리고 옛날 제 연인이었던 사람입니다.

최근, 우연히 그의 옛날 주소를 보고,

배달되지 않을 것을 알면서 쓴 편지가 그 최초의 편지였습니다.

읽는 동안 나는 이 몇 주간, 그러니까 최초의 편지가 온 뒤부터 지금까지 한껏 팽배해 있던 긴장감이 서서히 가라앉는 것을 느꼈다.

폐를 끼쳐서 정말 미안합니다.

절대 나쁜 마음은 없었습니다.

당신을 만나고 싶었지만 그럴 용기가 나지 않았습니다.

편지로만 알게 된 관계였습니다.

편지로만 인사드리고 갑니다.

와타나베 히로코

뭐야, 그런 거였구나.

결국 나의 '환자설'도 터줏대감의 '다중인격자설'도 쓸데없는 과대망상으로 끝나 버린 듯하다.

그건 그렇다 치고, 그가 나와 착각한 동성동명의 후지이 이츠키라는 인간은 대체 누구지. 그런 의문이 머리에 든 순간, 어떤 소년의 얼굴이 떠올랐다. 아까 병원 대기실에서 문득 떠올랐던 얼굴이다. 그는 내 중학교 동창생으로 내가 아는 유일한 같은 이름의 인물이었다. 동성동명, 그것도 남자. 히로코의 편지에는 이렇게 씌어 있었다.

최근, 우연히 그의 옛날 주소를 보고,

배달되지 않을 것을 알면서 쓴 편지가 그 최초의 편지였습니다.

나는 이 문장에 주목했다. 내 기억에 그는 아마 중3 때 어딘가로 전학을 갔다.

"그 애인가?"

그러나 확실하지는 않았다. 나는 편지를 편지꽂이에 꽂아두었다. 지금까지 온 그의 편지는 전부 여섯 통. 그 편지들에서 또 한 사람의 후지이 이츠키라는 인물에 대한 와타나베 히로코의 깊은 마음을 느낄 수 있었다.

물론 필적이 다른 두 통의 편지가 아키바라는 인물에 의한 것이라는 것을 나는 알 리 없었지만, 설령 알았다 하더라도 그건 아무래도 상관없는 일이었다.

생각해 보면 와타나베 히로코도, 다른 한 사람의 동성동명인 그도 나하고는 상관없는 일이다. 이런 상관도 없는 일에 휩쓸려 덕분에 감기까지 앓지 않았는가. 그렇게 생각하니 뭔가 한심하기 짝이 없었지만 이상하게 나쁜 기분은 아니었다.

3학년 2반 교실에 남겨진 낙서는 봄방학이 끝날 때까지 칠판에 남아 있었다.

7

   체크아웃을 마치고 호텔에서 나온 히로코와 아키바를, 요시다가 기다리고 있었다. 지토세 공항까지 차로 데려다주겠다고 했다.
   두 사람이 트렁크에 짐을 싣는 동안 히로코는 마지막으로 오타루의 공기를 맡았다. 문득 사거리 한 귀퉁이의 우체통이 눈에 들어왔다. 최근 몇 주간의 펜팔 때문에 우체통에 시선이 멈추었는지도 모른다. 아마도 출근길인 듯한 여자가 그 앞에 자전거를 멈추고 우체통에 편지를 넣었다.
   어쩌면 동성동명의 후지이 이츠키도 저 우체통에 저렇게 편지를 넣었을지도 모르겠구나, 그런 생각을 하면서 무심히 그 여자의 얼굴을 본 히로코는 숨을 삼켰다.

그냥 닮았다고 할 정도가 아니었다. 그 여자는 마치 히로코 그 자체라고 해도 좋을 만큼 닮아 있었다.

그는 이쪽을 전혀 의식하지 못했다. 볼일이 끝나자 자전거에 올라타더니 곧장 이쪽을 향해 달려왔다. 히로코는 얼른 고개를 숙여 얼굴을 가렸다. 자전거가 히로코의 바로 옆을 지나갔다. 히로코는 뒤돌아 그 모습을 쫓았다. 그리고 엉겁결에 입을 열었다.

"후지이 씨!"

그것은 직감이었다. 우체부의 착각도, 택시 운전사의 말도 그 직감을 뒷받침해 주었다.

그 여자는 목소리에 반응하여 자전거를 세웠다. 그리고 페달에 발을 올린 채 주위를 두리번두리번 둘러보았다. 틀림없었다. 히로코는 그가 후지이 이츠키라는 것을 확신했다. 그리고 숨을 죽이며 그 모습을 지켜보았다. 그러나 그 여자는 결국 사람들 속의 히로코를 발견하지 못한 채 다시 자전거를 타고 떠나버렸다. 자전거가 보이지 않게 되어도 히로코의 동요는 진정되지 않았다.

"히로코?"

아키바가 히로코의 어깨를 두드렸다.

"왜 그래?"

히로코는 돌아보며, 아무것도 아냐, 하고 미소를 지으려 했지만 굳어진 얼굴은 잘 웃어지지 않았다.

지토세 공항까지 가는 차 안에서도, 비행기에서도 히로코는 줄곧 붕 떠 있었다. 자전거의 여자가 히로코의 머리에서 떠나지 않았다.

"히로코."

돌아보니 아키바가 수상하다는 얼굴로 히로코를 보고 있었다.

"응, 뭐?"

"왜 멍하게 있어?"

"응? 아냐."

"저것 봐. 지도와 똑같은 모양이야."

아키바가 창밖을 가리켰다.

그곳에는 시모키타 반도의 해안선이 또렷하게 보였다.

며칠 후, 히로코는 우편함 속에서 한 통의 편지를 발견했다. 히로코가 호텔 앞에서 목격했던 그 여자가 우체통에서 넣은 바로 그 편지였다.

#와타나베 히로코 님.

아무런 사정도 알지 못하고 제가 좀 심한 편지를 보냈습니다.

이해해 주십시오.

그 대신 한 가지 반가운 정보를 알려드릴게요.

실은 제가 중학교 때, 우리 반에 동성동명의 남자아이가 한 명 있었습니다.

어쩌면 당신이 말한 후지이 이츠키라는 사람은 그 애가 아닐까요?

동성동명의 남자와 여자란 흔한 일이 아니죠.

그렇게 생각하면 가능성은 희박하지 않을 것 같습니다만.

어떻습니까.

제게 짚이는 것은 그것뿐입니다. 조금이나마 도움이 됐으면 좋겠습니다.

덕분에 감기도 많이 나았습니다.

당신도 부디 몸조심하시기 바랍니다. 그럼 이만.

후지이 이츠키

○

와타나베 히로코 앞으로 사과 편지를 보낸 후 1주일이 지났다. 내 감기도 제법 나아서 도서관에서도 이제 접수대에 설 수 있게 됐다.

히로코가 우리 집 앞에서 썼다는 그 편지는 '터줏대감'에게만 보여주었다. 아주 드라마틱한 내용이라고 생각됐지만, 어쩐지 '터줏대감'의 취향에는 맞지 않는 것 같았다.

"뭐야. 빌리 밀리건이 아니잖아. 시시해."

그것이 '터줏대감'의 소감이었다.

집에서는 이사 이야기가 착착 진행됐다. 아베카스 고모부의 공으로 드디어 적당한 집을 발견한 것이다. 이번에 보러 갈 때는 나도 같이 갔다.

오타루역 바로 옆에 햇빛이 잘 드는 집이었다. 지금 집보다는 훨씬 좁았지만 낡은 집을 팔아버리고, 세금을 치르고 남는 돈으로 사야 해서 더 넓은 것은 바랄 수도 없었다.

"세 사람 살기에는 적당해."

엄마가 말했다.

"그렇습니다. 지금 집은 세 분이 살기에 너무 넓죠."

아베카스 고모부가 거들었다.

"그렇죠. 방이 세 개나 놀고 있으니까요."

"그렇죠?"

"하숙생이라도 받을까?"

"그런 생각을 하면 또 이사 시기를 놓치게 돼요."

"아, 그렇구나."

아베카스 고모부는 결정을 짓게 하느라 필사적이었다.

"또 막판에 가서 취소하면 더 이상 참을 수 없겠죠, 그죠?"

내가 고모부의 심중을 대변해 주었다. 그는 머리를 벅벅 긁었다.

"어쨌든 빨리 결정하시는 게……. 꽤 인기 있는 물건이거든요."

"결론은 나왔어요."

그렇게 말하며 엄마는 미간을 찡그렸다.

"다음은 아버님을 어떻게 설득할지네요."

확실히 그게 문제였다.

집에 돌아오자 엄마는 할아버지에게 강경한 설득을 했다.

"몇 년 안에 헐어야 하는 건 아시잖아요, 아버님. 어차피 그럴 거라면 지금 정리하는 편이 낫다고 생각해요."

할아버지는 엄마의 얘기가 끝나기도 전에 일어나 그대로 방을 나가려고 했다. 이제는 더 참지 않겠다는 듯 엄마는 할아버지 등에 대고 큰소리를 퍼부었다.

"제가 그냥 결정해 버릴까요."

할아버지는 돌아보지도 않고 대답했다.

"나는 반대다."

"그럼, 좀 앉으세요."

"……."

"앉아서 이야기를 들어주세요."

"다 알고 있어."

"알고 있지 않아요."

"알고 있어. 내가 반대해 봤자 아무 상관 없다는 거지?"

"……그래요."

"그럼 이사를 하면 되잖아."

그렇게 말하고 할아버지는 방을 나갔다. 할아버지가 결국 꺾였다. 그러나 너무나도 어이없이 무너져 나는 좀 허탈한 기분이었다.

"고집쟁이 영감."

엄마가 불쾌한 듯이 중얼거렸다. 그리고 한참이 지난 후 내게 이렇게 물었다.

"지금 할아버지가 이사를 하라고 했니?"

흥분해 있던 엄마는 중요한 부분을 제대로 듣지 못한 것이다. 어쨌든 이제 우리 집의 이사 문제는 결정됐다. 입주일은 내달 중순으로 잡았다.

"조금씩 짐을 정리해 둬라."

엄마의 지령은 특히 다락방 서재를 가리키고 있었다. 예전에는 아버지의 서고였던 그 다락방에 내가 내 책을 놓게 된 후부터 점점 엉망이 되어 지금은 발 디딜 데도 없어졌다. 일요일, 모처럼 큰마음 먹은 나는 다락방에 들어갔다.

15분 정도 손을 움직이는데 점점 귀찮아졌다. 서가 정리라면 직업상 문제없이 해치우면서 우리 집 서가라고 하니 갑자기 게으름뱅이가 되는 것은 어째서일까? 그런 생각을 하는 동안에 한 권의 책이 눈에 들어왔다. 그것은 중학교 졸업앨범이었다.

생각해 보니 졸업 후 처음으로 그 앨범을 펴본다. 뜻밖에 바래지도 않았고 보존 상태가 좋았다. 새 책 특유의 종이 냄새조차 남아 있다.

나는 3학년 2반의 단체 사진을 찾았다. 예전 동급생들의 순진한 얼굴들이 모여 있다.

"다들 어리네."

어린 게 아니다.

내가 나이를 먹은 것이다.

또 한 사람의 후지이 이츠키는 단체 사진에서 떨어져 원 속에 혼자 멀거니 있었다. 이 중학생 소년이 나중에 커서 와타나베 히로코와 사귀었다가 헤어졌나 생각하자 아직 아무것도 모르는 채 사진 속에 들어 있는 모습이 천진난만해 보여 웃음이 나왔다.

결국 정리하기를 포기하고 앨범만 안고 다락방을 나왔다.

○

히로코는 그의 집을 방문했다. 목적은 그 졸업앨범이었다. 모든 발단이 그 앨범이고 모든 수수께끼의 답이 그 안에 감춰져 있었다.

야스요는 이른 아침에 느닷없이 나타난 히로크에게도 놀랐지만, 오자마자 그의 중학교 졸업앨범을 보여달라고 해서 어안이 벙벙한 모습이었다. 야스요가 가져온 앨범을 받아들자마자 히로코는 현관에 그대로 걸터앉았다.

"히로코, 들어와."

"……예."

앨범에 열중하느라 히로코는 건성으로 대답했다.

"우선 안에 들어가자."

"예."

그렇게 말하면서 히로코는 겨우 구두를 벗기만 할 뿐 여전히 앨범 속에라도 들어갈 듯이 집중했다. 야스요는 어이없다는 얼굴로 말했다.

"히로코는 침착해 보이면서도 어지간히 성질이 급하구나."

"예?"

"부탁이니 들어가자, 제발."

야스요는 간신히 히로코를 거실까지 데려갔다. 거기서도 히로코는 앨범에서 눈을 떼려고 하지 않았다.

히로코는 먼저 제일 뒤의 주소록을 확인했다. 그것은 아키바가 예상한 대로였다. 히로코가 베껴 쓴 주소의 후지이 이츠키는 3학년 2반의 여학생 명단에 있었다. 남학생 명단에는 아무리 찾아도 그의 이름이 없다. 결국 주소록에 실려 있던 후지이 이츠키라는 이름은 그 한 사람뿐이었다. 히로코가 그것을 그와 착각한 것이 무리도 아니다.

"그렇게 진지하게 뭘 찾니?"

야스요가 차를 가져오면서 말했다.

"그 사람 이름이……."

"응?"

"실려 있지 않아요."

"그래?"

"여기…… 3학년 2반이었죠?"

야스요는 앨범을 들여다보았다.

"졸업 전에 이사를 해서일 거야."

그래서였다. 이것으로 수수께끼는 하나 풀렸다. 그 펜팔도, 오타루 행도 모두 이 사소한 착각에서 시작한 것이다.

히로코는 페이지를 앞으로 넘겼다. 그리고 3학년 2반 학생들과 재회했다. 히나마쓰리 이후의 재회였다. 단체사진 아래에 사진의 순서에 맞춰 이름이 있다. 혼자 원 속에 붕 떠 있는 그의 이름은 모두와 조금 떨어진 곳에 있었다.

……후지이 이츠키.

같은 이름이 어딘가에 있을 것이었다.

조그맣게 늘어선 작은 이름들 속에서 히로코는 또다른 후지이 이츠키를 찾았다. 이름은 금방 발견했다. 그리고 사진 속에서 이름의 주인을 찾아냈다.

역시 첫 대면이 아니었다. 그것은 기일에 야스요가 장난으로 히로코와 닮았다고 지적했던 여자아이였다.

참다 못한 야스요가 이제 그만 무슨 일인지 말해달라고 히로코를 졸랐다. 히로코는 오히려 이렇게 되풀었다.

"저…… 그의 동급생 중에 같은 이름인 사람이 있었나요?"

"응?"

어리둥절해진 야스요가 이내 생각이 난 듯, 아- 하고 소리를 길게 냈다.

"그러고 보니 있었어, 있었어. 생각난다."

"기억하세요?"

"그 애인 줄 착각한 일이 한번 있어서 말이야."

야스요는 히로코에게 앨범을 받아 들더니 화제의 인물을 찾기 시작했다. 그러면서 이제 생각난 에피소드를 얘기기해 주었다.

"그 애 교통사고를 당한 적이 있어. 왜 오른쪽 다리가 좀 불편했잖아."

"예."

"그때의 후유증이야. 언제였더라? 등교 중에 트럭에 치였지. 다행히 다리만 다쳤지만 그때 학교 선생님들이 다른 애와 착각해서 그쪽 집에 전화를 한 거야. 이내 실수란 걸 알고 우리 집에도 전화를 해주었는데, 병원에 가보니 그쪽 가족들이 모두 와서, 이런 일도 있군요, 하고 한바탕 웃었지. 그 애가 전치 4주의 중상으로 누워 있는 옆에서 말이야. 사고 때문에 많이 놀라기는 했지만 그건 정말 우스웠어."

"그 애, 어떤 아이였어요?"

"글쎄, 본 적이 있었나."

"이 아이네요."

히로코는 사진을 손가락으로 짚어서 야스요에게 보여주었다.

"기억나지 않아."

"닮았어요?"

"응?"

"저를요."

"히로코를?"

야스요는 사진과 히로코를 비교해 보았다.

"닮았나."

"닮았다고 하셨잖아요, 어머니가."

"내가? 언제?"

"요전에요."

"그랬나?"

야스요는 한 번 더 사진을 보았다.

"그러고 보니 닮은 것 같기도 하고."

"그렇게 말씀하셨어요, 요전에."

"그래?"

"첫사랑이라고."

"이 아이가?"

"그럴지도 모른다고."

히로코가 무엇에 그렇게 연연해하는지 야스요는 짐작하지 못했다. 그러나 닮았다는 사실에 뭔가가 있는 것은 확실하다.

야스요는 시험해 보았다.

"자세히 보니 닮긴 닮았구나."

히로코의 얼굴에 동요의 빛이 지나가는 것을 야스요는 놓치지 않았다.

"닮으면 어떻게 되는데?"

"예?"

"이 아이와 네가 닮으면 뭐가 달라지냐고."

"아뇨, 아무것도."

"거짓말."

"정말이에요."

히로코는 뭔가를 열심히 감추는 모습이었다. 감추는 법이 서툰 아이야, 하고 야스요는 생각했다. 그러나 그 순수함이 히로코의 귀여운 점이었다. 야스요는 그런 그에게 모성본능을 느꼈다. 역시 이 아이, 내 며느리로 삼고 싶었어, 하고 야스요는 생각했다.

"히로코!"

야스요는 장난으로 히로코의 볼을 꼬집었다.

"얼굴에 거짓말이라고 씌어 있어."

어린 딸에게 하는 말투였다.

"닮으면 어떻게 되는데?"

이번에는 야스요가 놀랄 차례였다. 히로코는 입이 일그러지는가 싶더니 두 눈 가득 눈물이 고였다.

"닮아서라면…… 용서할 수 없어요."

히로코는 눈물을 애써 삼켰다.

"그것이 나를 선택한 이유였다면, 어머니, 전 어떡하면 좋아요?"

어떡하냐고 물었댔자 야스요는 뭐라고 대답해야 좋을지 몰랐다.

"……어떡하냐니."

야스요도 머뭇거렸다.

"내게 첫눈에 반했다고 했어요, 그 사람."

"그래. 그렇게 말했지."

"하지만 첫눈에 반한 것은 사실이어도 그 이유가 있잖아요."

"……."

"속았어요, 전."

"히로코."

"예."

"중학생한테 질투하는 거니."

"……그래요. 이상한가요?"

"이상해."

"이상하군요."

야스요는 2년이나 지난 지금도 아들의 일로 눈물 흘리는 히로코에게 감동했다.

"그 애는 행복할 거야. 네가 질투를 해주어서."

"그런 말씀 하시면 또 울잖아요."

겨우 그쳐가던 히로코의 눈에 또 눈물이 흘러넘쳤다.

"역시 쉽게 잊을 수 없는 거네요."

히로코는 눈물을 닦으면서 쓴웃음을 지었다. 어느 틈에 전염됐는지 이번에는 야스요 쪽이 눈물을 흘리고 있다.

출근 시간이 지나서 전철은 한산했다. 히로코는 자리에 앉아 야스요에게 받아온 졸업앨범을 다시 펼쳤다.

"첫눈에 반한다는 말을 믿습니까?"

예전에 들었던 그 말이 히로코의 머릿속에서 아까부터 몇 번이고 되풀이되고 있다. 그가 처음으로 히로코에게 이렇게 말을 걸어왔다.

히로코가 아직 전문대생이었던 시절, 친구인 마스미에게 미술대학에 다니는 남자친구가 있었다. 히로코는 어느 날 마스미에게 이끌려 미대 전시회를 보러 갔다. 접수를 맡고 있던 마스미의 남자친구는 당장 자리를 비울 수 없지만 곧 뒤따라 가겠노라고 해서 두 사람은 먼저 전시실에 들어갔다.

미술 전시회와는 인연이 없는 히로코는 뭐가 뭔지 모르는 채 마스미에게 바짝 붙어 전시실을 돌아보았다.

"뭐가 뭔지 하나도 모르겠어."

데리고 온 마스미까지 그런 말을 했다. 그리고 뭐가 뭔지 모르는 동안에 출구까지 와버렸다. 마스미의 남자친구가 올 때까지 두 사람은 출구에 설치된 공예품 매점 앞에서 시간을 보냈다. 그곳에는 유리로 된 병이며 텀블러며 액세서리가 진열돼 있어서 차라리 그쪽이 흥미로웠다. 매점 남자가 능숙한 솜씨로 두 사람에게 물건을 팔았다.

"두 개 사면 20퍼센트 할인, 세 개 사면 30퍼센트 할인이지만 두 분은 귀여우시니까 반값에 줄게요."

남자는 그런 말로 두 사람을 웃기다가 결국 각자에게 세 개씩 팔아넘기는 데 성공했다. 유리병을 종이에 싸면서 남자는 이렇게 말했다.

"모두 제 작품입니다. 소중히 사용해 주십시오."

그가 아키바였다. 왠지 좋은 사람 같아. 그것이 아키바에 대한 히로코의 첫인상이었다.

그때 커다란 캔버스를 안은 남자가 히로코와 마스미 옆을 지나 안으로 들어왔다.

"어이! 후지이!"

아키바가 그 남자에게 말을 걸었다.

돌아본 남자는 수염이 아무렇게나 자라 있고 눈도 충혈된 것이 밤샘 한 기색이 역력했다.

"이제야 온 거냐?"

"응."

"다 끝났어."

남자는 언짢은 듯 캔버스를 고쳐 안고 안으로 들어갔다. 이상한 사람. 그것이 후지이 이츠키의 첫인상이었다.

뒤늦게 그들을 찾아온 마스미의 남자친구를 보고 아키바가 놀랐다.

"어, 선배의 손님들입니까?"

"아키바, 너 혹시 수작 부리거나 한 건 아니지?"

"설마요. 물건만 팔았습니다."

그날은 그것뿐이었다. 며칠 지나서 마스미를 통하여 아키바가 만나고 싶어 한다는 연락을 받았다. 혼자 만나는 것이 무서웠던 히로코는 마스미와 같이 만나기로 했고, 아키바도 겁이 났는지 어쨌는지 모르지만 역시 친구를 한 사람 데리고 왔다. 이츠키였다.

"기억나요? 그때 늦게 그림 들고 들어왔던 놈인데."

아키바의 설명을 듣고서야 히로코는 그때 그 수염 난 남자와 눈앞의 청년이 동일 인물이라는 것을 알았다. 하지만, 도저히 연결이 되지 않았다. 깨끗하게 면도를 한 그날의 이츠키는 묘하게 투명한 인상이었다. 이츠키는 시종 달이 없었지만 목이 마른지 아이스커피를 몇 잔이나 시켜 마셨다. 그리고 몇 번이나 화장실에 갔다. 어쩐지 안절부절못하다가 히로코와 때때로 시선이 마주치면 황급히 눈을 돌리곤 했다.

역시 이상한 사람이다. 히로코는 생각했다.

그가 몇 번째인가 또 화장실에 갔을 때, 마스미가 아키바에게 넌지시 물었다.

"뭐죠? 저 사람. 화가 난 것 같아요."

"긴장해서 그래요. 여자한테 면역이 없어서."

그렇게 말하고 아키바는 굳은 표정으로 웃었다. 긴장한 건 아키바도 마찬가지였다. 아키바는 아키바대로 히로코가 목표인 주제에 아까부터 마스미하고만 떠들고 있었다. 그러면서 내심 마스미가 어지간히 수다스럽다고 생각하며 초조해

했다.

 자리로 돌아온 이츠키는 역시 말이 없이 또 아이스커피를 주문했다. 잠시 후 이번에는 마스미가 화장실에 갔다. 대화의 주도권을 쥐고 있던 마스미가 없어진 자리는 잠깐 조용해졌다. 아키바는 히로코에게 직접 말을 걸 수 있는 기회였다. 여기서 히로코와 대화를 터놓지 않으면 계속 저 수다쟁이 마스미를 상대로 떠들어야 한다. 그런데 그렇게 생각하니 더 얘기를 꺼내기가 힘들어 아키바는 담배에 불을 붙이거나 하며 귀한 시간을 낭비했다. 그리고 겨우 말문을 열려고 했을 때, 이츠키가 느닷없이 끼어들었다.

 "저!"

 좀 상기된 목소리였다.

 "와타나베 씨는 첫눈에 반한다는 말을 믿습니까?"

 "첫눈에 반하는 거요? 글쎄요."

 "저와 사귀어주십시오."

 히로코도 아키바도 놀라서 엉겁결에 소리를 질렀다. 이츠키는 그 말을 끝으로 더 이상 아무 말도 하지 않아서, 이상한 침묵이 세 사람 사이에 퍼졌다. 참다못한 아키바가 분위기를 살리기 위해 무심코 이렇게 말해 버렸다.

 "이 녀석 말입니다, 제법 괜찮은 놈입니다."

아키바는 잠깐 동안의 사랑에 스스로 종지부를 찍었다.

그러는 사이 마스미가 돌아왔다. 자리에 앉자마자 마스미는 새로운 화제를 꺼내며 분위기를 주도했지만, 세 사람의 반응은 왠지 어색했다.

그 후 히로코는 이츠키와 사귀게 됐다. 거기에는 아키바의 헌신적인 응원도 있었다. 한번 포기한 아키바는 이상할 정도로 열렬히 두 사람을 축복해 주었다. 2주간 생각한 끝에 히로코는 이츠키에게 대답했다.

"첫눈에 반한다는 것을 믿어요."

그것이 히로코의 대답이었다. 참으로 기묘한 시작이었지만, 지금 그것은 가장 소중한 추억으로 히로코의 가슴속에 남아 있다.

그 말 뒤에 다른 사람의 그림자가 있었던 건가. 그것이 그와 동성동명인 여자였던가. 그가 아무에게도 말하지 않고 천국에 갖고 간 비밀을, 히로코는 지금 발견한 것인지도 모른다.

"첫눈에 반한다는 말을 믿습니까?"

그의 목소리가 다시 어딘가에서 들려왔다.

"……믿었는데."

히로코는 무릎 위의 앨범을 덮었다.

사진 속 여자아이가 그의 첫사랑이었을까?
히로코는 조금 더 편지를 쓸 필요가 있을 것 같았다.

．
．
8
．
．
．
．
．
．

．　．
．　．
．
．
．

＃ 후지이 이츠키 님.

안녕하세요?

당신이 말한 후지이 이츠키와 제가 아는 후지이 이츠키는 동일 인물이 틀림없는 것 같습니다.

이 편지의 주소를 저는 그의 졸업앨범에서 발견했습니다.

아마 그것과 같은 앨범이 당신의 집에도 있겠죠.

지금은 깊숙한 곳에 잠들어 있을 거라 생각합니다.

그 제일 뒤에 있는 졸업생 주소록에서 그 주소를 발견했답니다.

설마 동성동명인 사람이 있으리라곤 생각도 해보지 못했습니다.

    모든 것은 저의 경솔한 착각 탓입니다.

    정말 죄송합니다.

    나는 앨범을 확인했다. 제일 뒤에 주소록이 있었다. 그곳에 물론 내 이름과 주소도 있었다.

    그렇다 해도 이상한 이야기다. 이 작은 한 줄이 공교롭게 고베에 있는 여자의 눈에 띈 우연도 이상했고, 덕분에 그런 기묘한 펜팔이 시작된 것도 이상했다.

    편지는 아직 이어지고 있었다.

    # 이렇게 폐를 끼쳐놓고 부탁을 드리는 것도 뻔뻔스러운 일입니다만, 만약 그에 관해 뭔가 기억나는 것이 있다면 가르쳐주시지 않겠어요?

    아주 사소한 것이라도 좋습니다.

    공부는 잘했는지 못했는지,

    운동은 잘했는지 못했는지,

    성격은 좋았는지 나빴는지, 무엇이든 상관없습니다.

    이런 무례한 부탁을 해서 정말 미안합니다.

    바보 같은 편지라고 생각하셔도 좋습니다.

귀찮으시다면 잊어주세요.

그러나 만약 그럴 마음이 드신다면 답장을 주세요.

기대하지는 않고 기다리겠습니다.

"기대하지 않는다니. 단단히 기대하고 있으면서."

무엇이든 써주지 않으면 내 마음이 편치 않을 것이다. 그러나 막상 책상에 앉은 나는 참으로 난감했다. 난 그 녀석에게 전혀 좋은 기억을 갖고 있지 않다. 아니, 그 녀석 때문에 중학 시절 자체에 좋은 기억이 없다고 하는 편이 정확할지도 모른다.

망설이면서도 일단 펜을 들기로 했다.

\# 와타나베 히로코 님.

그 애는 잘 기억하고 있어요.

동성동명인 사람이 몇 명씩 있는 게 아니니까요.

그러나 그와의 추억은 대부분이 이름에 관련된 것뿐입니다.

이렇게 말하면 대충 짐작하시겠지만, 절대 좋은 추억이라고 할 수 있는 것이 아니었습니다. 아니, 기억하고 싶지 않은 기억이라고 하는 것이 맞겠군요.

이를테면 입학식 날부터 그 비참함은 시작됐습니다.

첫 수업 시간에 선생님이 출석을 불렀을 때, 후지이 이츠키를 부르자 저와 그 애는 거의 동시에 대답했습니다. 다음 순간, 모든 아이들의 시선과 관심이 두 사람에게 집중된 그 부끄러움이란……

동성동명의 남학생, 앞으로 계속 놀림을 받을지도 모른다고 생각하니 꿈과 희망에 가득 찼던 중학 생활이 단숨에 암울해졌습니다. 차라리 전학이라도 해서 처음부터 다시 시작하고 싶은 기분이었어요. 그러나 그런 이유로 전학을 할 수도 없었죠. 예감은 완전히 적중하여 동성동명이라는 이유만으로 주위로부터 부당한 관심과 놀림의 대상이 되는 어두운 중학 생활이, 저와 그 애를 기다리고 있었습니다.

우리 둘이 우연히 함께 당번이라도 되는 날은 아침부터 우울의 극치였죠.

칠판 오른쪽 구석에 나란히 적힌 이름에 하트 모양 낙서를 하거나 각각의 이름 아래에 ♂와 ♀를 표시하는 건 예사였습니다. 수업 시간에 사용할 프린트를 안고 둘이서 복도를 걸어오거나, 방과 후 교실에서 학급일지를 쓰고 있을 때면 갑자기 등 뒤에서 "후지이 이츠키!" 하고 불러 엉겁결에 동시에 돌아보는 것을 즐기는 등 온종일 심술과 장난으로 난리도 아니었죠.

평소에는 그렇게까지 심하지 않지만 항상 일정하게 비슷한 사건들은 있었습니다. 그런 고통스러운 날들을 견디면서 1년만 참으면 되겠지 생각했는데, 웬걸 2학년이 돼서 또 같은 반에서 만난 게 아닙니까. 새로운 반에서 우리는 신선한 기분으로 처음부터 다시 놀림을 받았습니다.

 그리고 3학년에 올라갔는데 또 같은 반이 된 겁니다. 3년씩이나 같은 반이 된 것은 좀 우연이라고는 생각하기 힘들겠죠?

 선생님들이 재미있어서 일부러 그렇게 했다고 하는 소문도 있었습니다. 확증은 없지만 그런 소문이 공공연히 떠돌아다닌 것은 사실입니다.

 이런 얘기, 다른 사람들에게는 재미있을지도 모르겠죠. 그러나 당시의 우리는 정말 심각했습니다.

 차라리 그 녀석의 부모님이 이혼을 해서 엄마 성을 따라 개명이라도 해주면 좋겠다고 진심으로 생각했던 적도 있어요. 아니면 성이 다른 집에 양자로 가버리던가.

 생각해 보니 성격이 나쁜 중학생이었군요, 저는.

 요컨대 언제나 그런 식이어서 서로 괜히 피하게 되어 대화를 나눈 적도 별로 없어요.

 기대에 미치지 못한 편지여서 미안합니다.

 다시 읽어보아도 히로코 씨가 원하는 내용의 편지가 아니군요.

미안합니다. 그러나 이것도 역시 진실입니다. 그럼.

후지이 이츠키

후지이 이츠키 님.

저의 무례한 부탁에 이렇게 정중한 답장을 주셔서 감격했습니다.

정말 고맙습니다.

그 사람 때문에 아주 고통스러운 중학 시절을 보내셨군요.

좀 의외였습니다.

저는 더 로맨틱한 추억이 있지 않을까 기대했습니다만, 현실은 그렇게 달콤하지만은 않군요.

그러나 그는 어떻게 생각했을까요?

당신과 같은 기분이었을까요?

어쩌면 자신과 같은 이름의 여자아이에게 운명적인 뭔가를 느끼진 않았을까요?

두 사람 사이에 그런 추억은 없었나요?

만약 기억하고 있다면 가르쳐주세요.

와타나베 히로코

\# 와타나베 히로코 님.

그런 추억 같은 건 없습니다.

앞서 보낸 편지의 내용이 모호했던 것을 사과합니다.

실제로 우리의 중학 시절은 로맨스나 그 비슷한 것이 존재할 여지가 없을 정도로 살벌했습니다.

저와 그 애의 관계는, 예를 든다면 아우슈비츠 안의 아담과 이브라고나 할까요? 되풀이되는 놀림과 장난 때문에 살아 있다는 느낌조차 들지 않았어요.

물론 그 애도 마찬가지였을 것이고요. 서로 같은 반이 되지 않았더라면 일어날 일 없는 일이니까 만약 그것이 운명이라고 한다면 그 운명에 원망은 해도 감사 같은 건 절대 하지 않을 겁니다.

학급임원 선거 때 사건은 생각만 해도 치가 떨립니다.

아마 2학년 2학기였을 거예요. 학급임원을 뽑는 투표가 있었습니다. 그런데 개표 때, 누가 썼는지 한 장에만 이런 것이 섞여 있었습니다.

후지이 이츠키 ♡ 후지이 이츠키

개표 담당은 이나바였던가. 아, 이나바 맞아요. 이나바 코키.

개표를 담당한 이나바라는 아이가 그것을 일부러 소리 내어 읽어주었습니다.

"후지이 이츠키, 하트, 후지이 이츠키."

그것을 또 서기가 칠판에 일부러 하트까지 그려 넣으면서 쓰는 겁니다.

모두 박수갈채에 환호를 보내며 동참했죠. 여기까지는 그나마 괜찮았습니다. 이 정도 일에는 익숙했으니까요. 근데 그것으로 끝이 아니었습니다.

학급임원 선거가 끝나자, 이번에는 방송부 부원이니 하는 각 부서 부원 선거를 했습니다. 그 처음이 도서부원이었습니다.

뭔가 기분 나쁜 예감이 들었죠.

투표용지를 나눠주는 동안 모두 이상하게 히죽거리며 여기저기서 작은 소리로 "하트, 하트"라고 하는 말이 들렸습니다.

결과는 이미 아셨겠죠? 거의 전원 일치로 저와 그가 도서부원으로 선출됐습니다.

이름을 읽을 때마다 환성이 점점 커지더니 개표가 끝난 순간은 마치 월드컵 스타디움을 방불케하는 소란이 일었습니다.

저는 완전히 자포자기한 기분으로, 이렇게 된 바에야 울어버리자고 생각했습니다. 그 무렵 학교에서는 우는 자가 승리라는 불문율이 있었습니다.

보통 울게 한 사람이 나쁜 쪽이잖아요. 초등학교 때부터 그런 분위기여서 남자아이는 울보라는 꼬리표가 붙는 것을 두려

워하지만, 여자아이는 어쨌든 울어서 이기자고 생각하는 경향이 있죠. 그러나 저는 옛날부터 우는 것은 비겁하다고 생각해서 자랑은 아니지만 유치원 시절 이후 한 번도 운 적이 없었습니다.

그러나 오늘은 괜찮다, 이럴 때야말로 여자는 우는 거라고 생각했지만, 평소 훈련이 되지 않아서인지 울 수가 없었습니다. 책상 아래로 주먹을 꽉 쥐고, 이를 악물며 눈물을 짜려고 했지만 나오지 않더라고요.

그때 앞자리에 앉은 남자아이가 몸을 돌려 내 얼굴을 들여다보더니, "어! 얘 운다!" 하고 떠들어대는 게 아닙니까.

구마가야라고, 작고 통통한 체구에 원숭이처럼 생긴 녀석이었어요.

정말 화가 났습니다. 난 아직 울지 않았으니까요.

그 한마디에 울 마음도 싹 가셨습니다.

이렇게 된 바에야 이 녀석을 한대 때려주어야겠다고 생각하는데, 저보다 먼저 그 애가 일어났습니다.

구마가야의 의자를 걷어차서 녀석은 바닥에 벌러덩 넘어졌죠. 그리고 그 애는 "까불지들 마" 하는 말을 내뱉으며 교실에서 나가버렸습니다.

교실 안은 찬물을 끼얹은 듯 고요해졌습니다.

그런데 그때, 개표 담당 이나바가 능청스레 이렇게 말하더군요.

"사랑의 승리였습니다. 박수!"

그 말이 밖으로 나가던 그 애한테 들렸던 것입니다. 갑자기 엄청난 기세로 되돌아왔고, 정신을 차리고 보니 어마어마한 난투극이 벌어지고 있었습니다.

이나바도 처음에는 농담이라며 그를 진정시키려고 했지만, 어느새 흥분해서 "나는 넣지 않았어! 나는 넣지 않았어!" 하고 영문 모를 소릴 지르더니, 서로 치고받는 큰 싸움이 벌어졌습니다.

결국 그 애는 말을 타듯이 이나바에게 올라타서 이나바의 목을 졸랐습니다. 어쩌면 순간의 살의는 있었을지도 모릅니다. 왜냐하면 그 애는 적당히라는 것이 없었으니까요.

다른 아이들도 당황해서 말리기 시작했습니다. 모두 그 애에게 달려들어 떼어내서 겨우 싸움은 진정됐죠. 이나바 녀석은 거품을 뿜으며 기절해 버렸어요. 사람이 정신을 잃는다는 걸, 저는 그때 처음으로 본 게 아닐까요.

마침 선생님이 들어오셔서 싸움은 끝이 났지만 이 사건은 나쁜 흔적을 남긴 듯합니다. 그 이후 우리를 향한 놀림이나 장난은 없어졌지만 왠지 소외당하는 듯한 느낌이 줄곧 남게 됐어요.

    투표는 무효가 되지 않아 우리는 나란히 도서부원을 하게 됐습니다. 하지만 그 애는 동아리 활동이 바쁘다는 핑계로 도서실에 거의 얼굴을 보이지 않았죠. 가끔 와도 내가 하는 일을 방해만 하고 전혀 성의를 보이지 않더군요.

    3학년이 되자 반 아이들이 바뀌어 이름을 갖고 놀리는 풍습이 부활하였을 때는 오히려 안도의 한숨을 쉬었던 기억이 납니다. 3학년쯤 되니 조금은 철이 들었는지 그리 심한 놀림은 없었지만 말입니다.

    쓰다 보니 길어졌습니다만, 하여간 우리 두 사람의 관계는 이런 정도였습니다.

    당신이 기대하는 일이 만약 있었다고 한다면, 이름이 다른 사람이 오히려 확률이 높았겠죠.

    어차피 둘 다 없었지만요.

    ……당신은 그의 어디에 끌렸나요?

    후지이 이츠키

    # 후지이 이츠키 님.

    그는 언제나 먼 곳을 응시하는 듯한 사람이었습니다.

그 눈동자는 언제나 투명해서 지금까지 만난 누구보다 아름다웠답니다.

눈에 콩깍지가 씌어서였을까요.

그러나 그를 좋아하게 된 것은 분명 그것이 이유라고 생각합니다.

그는 등산과 그림을 좋아해서 그림을 그리고 있든지 산에 오르고 있든지 언제나 둘 중 하나였습니다. 지금도 어딘가의 산에 오르고 있거나 그림을 그리고 있을 거라고 생각합니다.

나는 당신의 편지에서 여러 가지를 추리합니다.

예를 들면 당신의 편지에 "도서실에 와도 방해만 할 뿐"이라고 씌어 있으면, 그였다면 어떤 식으로 방해했을까? 생각해 보는 것입니다.

그 사람이라면 아마도 이상한 짓을 했겠지, 책에 이상한 낙서를 하진 않았을까, 하고 맘대로 상상해 보기도 합니다.

무엇이든 좋으니 가르쳐주세요.

저는 추리를 하는 즐거움이 있으니까요.

부디 부탁드립니다.

와타나베 히로코

와타나베 히로코 님.

당신의 부탁이 제게는 어렵습니다.

사소한 일이라도,라고 하지만 사소한 일을 기억할 리 없지 않나요?

졸업한 지 벌써 10년이 지났는걸요. 기억이고 뭐고 남아 있을 리 없죠.

다만 '장난'이라는 말에 생각난 게 있어서 오늘은 그 이야기를 쓰겠습니다.

3학년 때였어요.

저는 2학년 때 억지로 하게 된 도서부원 일이, 실은 아주 마음에 들어서 3학년 때는 자진해서 도서부원에 입후보했습니다.

그런데 내가 손을 들자 그 애도 손을 들었습니다.

입후보는 우리 두 사람뿐. 물론 예상대로 반 아이들의 심술궂은 야유가 있었죠. 그러나 그것보다 화가 난 것은 그 애가 입후보한 것입니다.

그 애는 도서부원이 되어봤자 일을 하나도 하지 않잖아요. 그 애도 그걸 노린 겁니다. 2학년 때 완전히 맛을 본 거겠죠.

아니나 다를까, 그 애는 전혀 일을 하지 않았습니다. 동아리 활동이 바쁘다고 하며 도서실에 거의 얼굴도 비치지 않았으며 어쩌다 와도 책 정리하는 것조차 거들어주지 않았습니다. 반납책을 책장에 꽂는 것도 도서부원의 일이거든요. 그리고 대출이

바쁠 때는 혼자서 다 할 수가 없어요. 하지만 그 녀석은 가끔씩 오는 주제에 그마저도 도와주지 않았습니다.

그 대신 무엇을 하는가 하면 뭔가 묘한 장난을 하고 있어요.

그 애는 도서실에 오면 항상 책을 여러 권 대출합니다. 주로 대출하는 책은……, 예를 들면 아오키 곤요의 전기, 말라르메의 시집, 앤드류 와이어스의 화집 같은 것. 요컨대 절대로 아무도 대출하지 않을 것 같은 책들.

어느 날 내가 "이런 걸 읽니?" 하고 묻자 그 녀석은 "읽을 리가 없지" 하는 겁니다. 그럼 왜 빌려 가는가 했더니 단지 아무도 빌리지 않은 책의 깨끗한 도서대출카드에 자기 이름을 써넣는 걸 즐겼던 거예요.

그런 장난이 뭐가 재미있는지 도무지 이해할 수 없었습니다. 본인은 아무도 빌리지 않는 책이 불쌍해서라고 했지만……. 그 애가 그런 장난을 했던 것은 기억하고 있습니다. 그러나 도서대출카드에 낙서를 한 건 기억이 없습니다만, 어쩌면 했을지도 모르겠습니다.

아, 낙서란 말을 하니 생각났어요. 그러고 보니 이런 일이 있었습니다.

아마 기말고사 때였을 거예요.

저는 영어 시험을 가장 잘 쳤는데 시험지를 받고 보니 웬걸,

27점인 겁니다.

이 27이란 숫자는 지금도 잊지 못합니다. 그런데 자세히 보니 시험지 필체가 제 것이 아니었어요. 그런데 이름은 제대로 후지이 이츠키라고 쓰여 있으니 이것은 녀석의 시험지란 게 확실하잖아요? 그런데 녀석은 아무것도 모르는 듯이 시험지를 엎어놓고 뒷면에 낙서를 하고 있는 겁니다. 그것은 분명히 제 시험지였습니다.

"멋대로 남의 시험지에 낙서하지 마!"라는 말이 정말 목까지 치밀어 올라왔지만 수업 중이어서 할 수 없이 쉬는 시간까지 기다렸죠.

하지만 기껏 쉬는 시간이 돼도 나는 말을 걸 수가 없었어요. 그 무렵은 놀림 받는 데 공포증이 있어서 아이들 앞에서 그 녀석에게 제대로 말을 걸 수 없었던 겁니다.

"내 시험지 돌려줘!"

그 한 마디를 못 건넨 그날 하루는 너무나 길었습니다.

말을 꺼낼 기회를 발견하지 못한 채 승부는 방과 후로 미뤄지고 결국에는 건물 뒤 자전거 보관소에서 그 애를 기다리는 사태까지 벌어졌죠.

그 무렵 자전거 보관소는 연인들이 몰려드는 장소였습니다.

항상 몇 명의 여학생들이 좋아하는 선배 남학생을 몰래 숨어 기다리거나 그곳에서 고백을 하거나 편지를 전하거나 했습니다.

나는 그런 모습들을 한심하게 생각했던 쪽이라 평소에는 무시하고 지나쳤지만, 그날은 그럴 때가 아니었어요.

처음에는 나도 일의 중대함을 의식하지 못하고 한쪽 구석에 멍하니 서 있었는데, 지나가는 학생들이 모두 흘끔흘끔 나를 보는 것입니다.

왜 그러지 하고 한참 생각한 나는 겨우 그 이유를 깨달았고, 그것을 깨달은 순간에는 기절할 것 같았습니다. 나는 그저 시험지를 돌려받으려고 그곳에 있었을 뿐이지만, 남이 보기에는 남학생을 쫓아다니는 여학생들과 마찬가지였겠죠.

아냐! 나는 달라!

나는 마음속으로 소리치고 있었습니다.

그러나 주변은 전혀 그렇게 봐주지 않았습니다.

"쟤, 2반의 후지이야." 하고 자기네들끼리 속삭이는 소리까지 들려오자 미칠 것 같았습니다.

그건 정말 힘들었습니다.

도저히 참을 수가 없어서 포기하고 집에 돌아갈까도 생각했지만, 그때 옆에 서 있던 여자아이가 말을 걸어왔습니다.

그 애는 옆 반의 오이카와였습니다. 남자아이들 사이에서 인기도 많고, 중학생이지만 묘하게 성인 같은 분위기를 풍기는 그런 아이였는데, 대화하는 것은 그때가 처음이었습니다.

오이카와는 내게 이렇게 물었습니다.

"너도 누구 기다리니?"

기다리는 건 맞으니까 무심히 끄덕거리자 오이카와는 이렇게 말하는 겁니다.

"안 오지?"

할 수 없이 또 고개를 끄덕했어요.

"……우리 서로 힘들구나."

오이카와는 휴우 하고 한숨까지 쉬는 겁니다. 나는 그게 아니라고 말하고 싶었지만, 아무 말도 못 하고 그대로 한동안 둘이서 그곳에 서 있었습니다.

그러자 오이카와가 다시 입을 열었습니다.

"남자는 교활해."

"응?"

"그렇게 생각하지 않니?"

뭐라고도 대답할 수 없었어요. 그런데 오이카와가 갑자기 울음을 터뜨렸습니다. 어쩌면 오이카와는 중학생이 어른의 세계를 넘보고 있는지도 모른다고 생각하자, 뭔가 엄청난 것을 본 것 같아 가슴이 두근두근거렸던 기억이 납니다.

어떻게 해야 할지 몰라 나는 우선 손수건을 빌려주었습니다. 하교하는 학생들이 이쪽을 말똥말똥 보며 지나갔습니다. 나는 친구도 아닌 오이카와의 어깨에 손을 올리고 위로하는 척하며 주위의 시선을 물리쳤습니다.

한참 울고 나더니 오이카와는 코를 훌쩍거리면서 또 말했습니다.

"그렇지만 여자 쪽이 훨씬 교활하지."

나는 아직 그 애의 높이에 이르지 못한 느낌이 들었지만 그건 어찌 됐건 눈물을 멈춘 오이카와는 내게 손수건을 돌려주면서, "먼저 갈게. 잘해 봐" 하고 가버렸습니다.

나는 또 혼자. 그러나 내 고뇌 따위는 오이카와에 비하면 아무것도 아니구나. 그렇게 생각하기로 하고 할 수 없이 더 기다리기로 했습니다.

동아리 활동을 마친 그 녀석이 나타났을 무렵에는 거의 모두 하교해서 근처에는 아무도 없었고, 주위도 캄캄해져 말을 걸기에는 절호의 기회였습니다.

"야, 잠깐만."

어둠 속에서 그렇게 말을 걸자 그 애는 꽤 놀랐습니다.

나도 아마 앙칼진 소리로 불렀을 거라고 생각합니다. 이 녀석이 남의 시험지를 가져간 탓에 소중한 하루를 이렇게 망쳐버렸으니까요. 솔직히 목이라도 졸라주고 싶은 심정이었습니다.

"뭐야, 너였냐. 놀래지 마."

나는 단도직입적으로 용건만 말했습니다.

"오늘 시험지, 바뀌지 않았어?"

"뭐?"

"이게 네 거잖아."

그렇게 말하며 시험지를 내밀었지만 캄캄한 어둠 속에서 아무것도 보이지 않았습니다.

그 녀석은 자전거 페달을 돌려 라이트를 켜서 보려고 했지만 돌리면서 보는 것은 좀 무리가 있었습니다. 할 수 없이 내가 페달을 돌려주었죠.

그 녀석은 자기 시험지와 내 시험지를 한참이나 비교하며 좀처럼 고개를 들지 않는 겁니다.

"뭐 하는 거야? 보면 금방 알잖아."

그런데 그 녀석, 잠깐만 기다리라고 해놓고 역시 좀처럼 끝낼 생각을 하지 않았습니다.

나는 점점 손이 저려와서 대체 뭐 하는 거야, 하고 생각했죠. 그때 그 녀석이 이렇게 불쑥 내뱉는 게 아니겠어요.

"break의 과거형이 breaked가 아니라 broken이었구나."

세상에, 그 녀석은 답을 맞추고 있었던 것입니다. 믿을 수 없겠죠.

 거기까지 쓴 나는 문득 생각나는 게 있어서 다락방으로 뛰어올라 가서 중학 시절의 교과서와 노트 등이 들어 있는 상자를 찾아내 안을 뒤졌다. 그리고 바인더에 모아둔 프린트 다발 속에서 문제의 시험지를 발견했다.

 틀림없이 그 영어 시험지였다. 뒤에는 그 애가 내 것인지 모르고 그린 낙서가 남아 있었다. 그 낙서가 예상외로 깔끔한 데생인 것을 보고 놀랐다. 당시 유행하던 광고 속 한 장면을 그린 것이었다.

 그러고 보니 히로코의 편지에 그림을 그렸다는 말이 있었다. 어쩌면 그것은 히로코에게 귀중한 보물일지도 모른다. 보내주면 기뻐하겠지.

 "뭐 하니?"

 깜짝 놀라 돌아보자 어느새 내 뒤로 다가온 할아버지가 나를 내려다보고 있었다.

 "왜요?"

 "이사 갈 준비하냐."

 "아니에요."

 "그래."

할아버지는 할 말이 있는 눈치였다.

"왜요."

"이츠키, 너도 이사하는 것 찬성이냐?"

"예?"

"찬성이냐?"

"찬성도 반대도 아녜요. 하지만 집이 너무 낡았잖아요."

"찬성이냐?"

"……."

할아버지는 뭔가 투덜투덜 혼잣말을 남기고 갔다. 나는 조금 소름이 끼쳤다. 드디어 올 것이 왔나, 그렇게 생각했다.

그 얘기를 엄마에게 하자 엄마는 무서운 소리를 해서 나를 놀라게 했다.

"사람만 아니라면 이 집에 버리고 갈 텐데 말이다."

"무슨 말이야, 그게."

"할아버지에겐 그게 행복해."

엄마와 할아버지 사이에는 때때로 가늠조차 할 수 없는 단절이 보인다. 아빠가 없는 지금, 두 사람은 타인에 지나지 않는다. 그러나 나는 이 문제에 그다지 개입하지 않기로 했다. 어차피 어른들의 이야기니까. 중학 시절부터 그렇게 결정하고, 그대로 오늘에 이르고 있다.

나는 방에 돌아와 편지를 마무리했다. 그리고 다락방에서 찾은 영어 시험지를 봉투에 함께 넣었다.

그 문제의 시험지를 발견하였으므로 보내드립니다. 뒷면의 낙서가 그의 작품입니다.
후지이 이츠키

9

 히로코는 영어 시험지를 그의 유품인 스케치북 사이에 끼웠다.
 히로코는 편지를 읽으면서 이상한 느낌을 가졌다. 애초에 히로코가 확인하고 싶었던 것은 후지이 이츠키라는 두 사람의 관계였다. 동성동명이라는 드문 관계 속에서 짧은 중학 생활 3년간 그가 그를 어떻게 느꼈을까? 그것이 히로코의 초점이었다.
 자꾸자꾸 오는 편지를 읽으면서 히로코는 그런 딱딱한 기분이 점차 녹아가는 것을 느끼고 있었다. 이츠키가 보내준 중학 시절의 기록을 읽는 것만으로 충분히 행복한 기분이었다.

그래도 중요한 점만은 밝히고 싶었다. 그 수수께끼는 분명 그가 자신을 선택한 이유이기도 했을 것이다. 그렇다면 그것은 그가 이야기하지 않았던 자신에게 보내는 메시지일 수도 있다고 히로코는 생각했다.

후지이 이츠키 님.
시험지 고맙습니다.
소중히 간직할게요.
그런데 그의 첫사랑 상대는 어떤 사람이었나요?
짚이는 것은 없습니까?
와타나베 히로코

와타나베 히로코 님.
그 정도까지 그의 개인적인 일에 관한 자료는 제게 없습니다.
그래도 그는 꽤 인기 있었기 때문에 누군가 상대는 있지 않았을까 생각합니다.
아, 혹시 기억하고 있나요? 오이카와라는 아이. 어른의 세계를 넘보던 여자아이. 오이카와가 한 번은 내게 와서 이렇게 물은 적이 있었습니다.

"저기, 후지이 말이야, 누구 사귀는 사람 있니?"

저는 물론 "그런 걸 알게 뭐야." 하고 대답했습니다. 어째서 그런 것을 내게 물으러 왔는지 화가 났습니다.

그랬더니 오이카와가 하는 말.

"너희 둘이 사이가 좋아 보이니까 그렇지."

이미 이런 종류의 놀림은 질리도록 들었을 때였지만, 오이카와가 그런 말을 하니 괜히 더 묘하게 들렸습니다.

내가 벌컥 화를 내자 그 애는 오히려 이렇게 물었습니다.

"사랑을 느끼지 않니, 그 애한테?"

어째서 이 아이는 입에 담기도 힘든 말을 이렇게 자연스럽게 할까 정말 놀라웠습니다. 그리고 그 애는 이렇게 말했습니다.

"같은 이름이라는 게 얼마나 멋지니? 좀 운명적이라고 생각하지 않아?"

당신도 편지에 이렇게 썼었죠. 어쩌면 당신과 오이카와는 어딘가 통하는 면이 있는지도 모르겠군요. 그러나 괜찮아요. 성격은 하늘과 땅만큼 차이가 난다는 것만은 제가 보증해 드리겠습니다.

그건 그렇고 그 애는 이런 말까지 하였습니다.

"원한다면 내가 사랑의 큐피드가 되어줄 수도 있어."

"사양할게."

나는 짧게 대답하고 얼른 그 애로부터 달아났습니다.

그런데 그 애, 며칠 지나 내게로 또 와서 이렇게 말하는 겁니다.

"정말 사귀지 않는구나."

"내가 그렇다고 했잖아."

"걔한테 직접 물어봤어."

이 천하의 바보 같은 애 때문에 저는 하마터면 살인자가 될 뻔했습니다. 만약 거기에 조각칼이라도 있었다면 찔렀을지 모른다고 생각했을 만큼 화가 났습니다.

그런데 그 애의 본론은 이제부터였습니다.

"난 정말로 너를 위해 사랑의 큐피드가 돼주려고 생각했어. 그러니까 이번에는 네가 내 큐피드가 돼줄 차례야."

처음에는 무슨 뜻인지 잘 몰랐지만 이내 그 녀석과의 사이를 이어달라는 말이란 걸 알아차렸죠.

"내 알 바 아니야."

딴에는 단호하게 거절하고 그 자리를 벗어나려고 하는데 그 애도 만만치 않았습니다.

"나는 말이야, 무슨 짓을 할지 잘 모르는 애라는 거 잘 알지?"

강인한 협박에 진 나는 본의 아니게 그 애의 부탁을 들어주게 됐습니다.

어느 날, 도서실에 나타난 그 녀석을 서가 뒤로 데려가서 사정을 설명했습니다.

  그 녀석은 여전히 기분 나쁜 듯한 얼굴로 아, 그래, 한 마디 할 뿐이었습니다. 나는 얼른 그 녀석에게 그 자리에서 기다리라 하고는 오이카와를 데리고 왔죠. 그다음은 둘이 알아서 하라고 하고 나는 하던 일로 돌아왔습니다.

  그런데 1분도 지나지 않아서 서가 뒤에서 그 녀석이 나오더니 그대로 휙 도서실을 나갔습니다. 오이카와는 좀처럼 나오지 않아서 들여다보러 갔더니 그는 서가에 기대어 몹시 우울한 얼굴을 하고 나를 보았습니다. 그리고 "남자와 여자는 이런 일의 되풀이구나." 하고 힘없이 중얼거렸습니다. 누가 봐도 둘은 연결되지 않은 것 같더군요.

  오이카와가 나간 후 그 애가 아무 일도 없었다는 얼굴로 되돌아 왔기에 궁금증을 못 참고 물어보았어요.

  "찼니?"

  그랬더니 그 녀석, 갑자기 몹시 무서운 얼굴로 갈했어요.

  "이제 그런 짓 하지 마!"

  그 녀석의 첫사랑 상대가 오이카와가 아니었던 것만은 확실합니다. 그런데 오이카와는 지금 어디서 무엇을 하고 있을까요? 잘못된 인생을 살지 않으면 좋을 텐데, 저와는 상관없지만 그래도 걱정이 됩니다.

　추신. 당신이 알고 있는 그에 관해서도 가끔은 이야기해 주세요.
　후지이 이츠키

　# 후지이 이츠키 님.
　제가 알고 있는 그는, 말이 없고 무표정하고 다른 사람과의 교제가 좀 서툴렀습니다. 아마 당신이 알고 있던 시절의 성격과 별반 다르지 않을 것 같습니다.
　그러나 좋은 점 또한 많이 있었습니다.
　말로는 다 표현할 수 없을 정도입니다.
　그는 오른쪽 다리가 좀 불편하였는데, 아마 중학교 때 당한 교통사고 탓이라고 들었습니다.
　그런 일이 있었던 것을 기억합니까?
　만약 알고 있다면 가르쳐주십시오.
　와타나베 히로코

　# 와타나베 히로코 님.
　그러고 보니 그 녀석 3학년 초에 교통사고를 당했습니다.

잘 기억하고 있습니다. 왜냐하면 그 사건과 저도 무관하지 않으니까요.

어느 날 아침, 그 애는 자전거로 통학 중에 트럭과 부딪쳐 구급차로 병원에 실려 갔습니다.

연락을 받은 담임인 하마구치 선생님이 황급히 병원으로 가셔서 그날 조회는 학년주임 선생님이 대신하셨죠.

조회에 들어오신 학년주임 선생님이, 후지이가 교통사고를 당해 하마구치 선생님이 병원으로 가셨다, 다행히 후지이는 생명에는 별 이상 없다, 이런 이야기를 하는 동안 선생님과 제 눈이 마주쳤습니다.

그때 선생님의 얼굴을 잊을 수가 없습니다. 입이 떡 벌어진 채 일시정지됐던 선생님이 "후지이, 너 어떻게 여기 있는 거냐?" 하시는 거예요.

아, 또구나, 했습니다.

아무래도 학교는 저와 그 녀석을 착각했던 것 같았습니다. 그래서 또 한바탕 소란이 일었죠. 학년주임 선생님은 조회도 마치지 않고 뛰어나갔고, 병원에서는 잘못 연락을 받고 달려온 저희 부모님과 늦게 온 그 녀석 부모님들이 마주쳤고, 이미 병원에 도착한 담임 선생님 외에 교장, 학년주임, 생활지도 담당 선생님까지 달려와 대소란이었다고 합니다. 그러나 역시 가장 놀란 것은 사고를 당한 본인이지 않았을까요? 그 사고에 관해서 그 녀석에게 자세히 듣지 못했나요?

부상은 다행히 아주 심하지 않아 다리가 부러진 정도였긴 하지만 유감스럽게도 하필 육상대회를 한 달 정도 앞두고 있었을 때였습니다. 그 녀석은 육상부 선수로 출전 예정이었지만 대회 때까지 회복하지 못했죠. 꽤 기대주였던지 다들 아쉬워했습니다.

육상대회는 오타루와 삿포로의 중학교들이 모여 열리는 제법 큰 이벤트였습니다. 평소 학교 운동장에서도 그렇게 두드러지지 않았던 육상부가 유일하게 활약하는 화려한 무대였다고나 할까요?

우리도 응원하러 갔습니다.

100미터 경주가 시작되고 예선의 몇 회째였을까. 선수들이 일렬로 나란히 출발 준비를 하고 있는데 제일 가장자리의 선수 옆에 그 애가 있었어요.

운동복까지 차려입은 그 애가 트랙 밖 선도 그어지지 않은 곳에서 다른 선수들처럼 크라우칭스타트 포즈를 취하고 있었습니다. 왜 엎드려서 엉덩이를 치켜드는 포즈 있잖아요.

설마.

그렇게 생각한 순간 출발을 알리는 총성이 울리고 동시에 그 애도 뛰기 시작했어요. 다른 선수들과 함께. 터무니없는 이야기죠. 뼈가 부러진 지 겨우 한 달밖에 안 됐는데.

　모두 웃고 난리가 났습니다.

　결국 중간에 넘어졌던 그 애는 일어서더니 관중들에게 손까지 흔들어 보이며 퇴장하려고 했지만, 시합에 나온 선수 측의 야유와 항의가 얼마나 거센지 깡통과 신발이 날아오고 하여튼 난리 법석이었습니다. 정말 소란을 불러일으키는 아이였습니다. 일은 그것으로 끝나지 않았어요. 선수들이 주행 방해니까 경기를 다시 해야 한다고 클레임을 걸어왔기 때문에 심판들과 학교 코치들이 나와서 경기장은 심각한 분위기가 됐습니다. 결국 재시합이 진행됐고, 그 녀석은 선생님들께 실컷 야단맞은 끝에 어딘가로 끌려갔습니다.

　그것이 그 녀석의 중학교 마지막 경주가 됐습니다. 그리고 육상부도 그만두고(잘린 것인지도 모릅니다만), 한가해졌는지 자주 도서실에 오게 됐습니다.

　여전히 도서부 일은 도와주지 않고 혼자 창가에서 운동장을 내다보며 폐인처럼 지낼 뿐이었습니다. 그러나 폐인이 돼도 그 이상한 장난은 계속했습니다. 아무도 빌리지 않은 책의 도서대출카드에 이름을 쓰는 짓 말입니다.

　그 애가 육상에 몰두해 있었던 것은 누구보다 잘 알고 있지만, 그 장난에 몰두했던 그의 진의는 아직도 수수께끼로 남아 있습니다.

   후지이 이츠키

   공방 뒤의 사무실에서 히로코는 아키바의 일이 끝나기를 기다렸다. 작은 들창으로 직원들의 모습에 섞여 바쁘게 일하는 아키바의 모습이 보였다. 저 모습이라면 아직 좀 더 시간이 걸릴 듯하다.

   찌그러진 나무 의자에 앉으면서 히로코는 망설이고 있었다.

   "기다리시게 해서 죄송합니다."

   그렇게 말하며 스즈미가 차를 갖고 왔다.

   "선생님 곧 끝나실 겁니다."

   "고마워요."

   히로코는 손에 있던 것을 슬쩍 감추었다.

   스즈미는 히로코 옆에 앉았다.

   "히로코 씨, 괜찮아요."

   "네?"

   "다른 사람들에게 말하지 않았으니까요."

   그렇게 말하고 스즈미는 빙그레 웃었다. 히로코 역시 웃는 얼굴로 되받았다.

"저, 아키바 선생님을 좋아했어요."

스즈미는 여전히 웃는 얼굴로 그렇게 말했다.

"히로코 씨가 라이벌이구나, 싶어서 포기했습니다. 전 히로코 씨도 좋으니까요."

"……."

"선생님은요, 히로코 씨가 전의 분과 사귀던 무렵부터 히로코 씨를 좋아했던 것 같아요. 줄곧 짝사랑하신 것 같아요. 알고 계셨어요?"

히로코는 끄덕였다.

"그렇군요. 그렇다면 다행이네요. 부디 선생님을 행복하게 해주세요."

"아……."

"아니, 선생님이 히로코 씨를 행복하게 해드려야 하는 거군요. 선생님께 그렇게 말해 두겠습니다."

그리고 스즈미는 일어섰다.

"오늘은 데이트예요?"

"네?"

"선생님이 오늘 화려한 넥타이를 하고 계시길래요."

그렇게 말하며 스즈미는 작업장으로 돌아갔다. 히로코는

가만히 한숨을 쉬었다. 그리고 손에 쥐고 있던 이츠키의 편지를 다시 한번 보았다.

스즈미가 아키바를 생각하고, 아키바가 히로코를 생각하고, 히로코가 후지이 이츠키를 생각하고, 후지이 이츠키는 옛날 동성동명의 여자를 생각하고, 그리고 그 여자는 지금, 동성동명의 그 남자아이를 생각하고 있다.

생각한다는 것은 행복한 것. 어쩐지 그런 생각이 든다. 그럼에도 혼자만 불행한 기분으로 있는 자신이 몹시 초라한 인간 같은 생각이 들어 비참했다.

복도에서「푸른 산호초」가 들려왔다. 아마 아키바가 일을 끝낸 것 같다. 히로코는 들고 있던 편지를 가방 속 깊이 넣었다.

"그 후에는 어때? 편지 또 왔어?"
"응. 지금도 가끔."
"그렇군. 완전히 펜팔이 됐구나."
차 안의 대화는 아까부터 일방적으로 아키바가 떠드는 분위기였다. 아니, 그렇다기보다 무슨 말을 해도 히로코의 반응이 둔했다.
"왠지 요즘 힘이 없어 보인다."

"……."

"무슨 일 있어?"

히로코는 모호한 웃음으로 얼버무렸다. 아키바가 말했다.

"저기 말이야."

"응?"

"한번 그 산에 가보지 않을래?"

"……."

"그 녀석에게 인사하고 오자."

"……."

"응?"

"……."

대답도 하지 않는 히로코에게 아키바는 시종 웃는 얼굴이었다.

○

며칠 후 그에게 소포가 왔다. 그 안에는 카메라와 필름이 조심스럽게 싸여 있었다. 그리고 작은 카드에는 작은 글씨로 이렇게 씌어 있었다.

그가 달렸던 운동장의 사진을 찍어주시지 않겠습니까.
와타나베 히로코

토요일 오후, 나는 히로코가 보낸 카메라에 필름을 넣고 이로나이 중학교에 갔다.

교문을 들어서는 것은 졸업 이후 처음이었다. 반갑다기보다는 긴장됐다. 카메라를 들고 잠입하다니, 왠지 스파이 같다.

확실히 나는 히로코에게 일을 의뢰받은 스파이였다. 아니, 히로코에게 교묘하게 조종당하고 있다는 느낌도 들었다.

안으로 들어가니 인기척은 없었다. 생각해 보니 지금은 봄방학이다. 아무도 없는 운동장을 가로질러 걸어 들어간 나는 작은 카메라의 뷰파인더에 눈을 갖다 댔다.

어떤 사진을 원하는 걸까, 생각하면서 앵글을 맞췄지만 평평한 운동장에서는 어디를 어떻게 찍어도 똑같아서, 이내 찍을 거리가 없어졌다. 할 수 없이 그 녀석이 된 생각으로 트랙을 뛰면서 셔터를 누르기도 했다. 그래도 필름은 아직 줄지 않아 나머지로 교정의 포플러 나무를 찍고, 화단을 찍고, 수도꼭지를 찍고, 건물을 찍었다. 거기까지 하니 슬슬 욕심이 생겨서 나는 건물 안으로 몰래 들어갔다. 예전에 자유롭게 오갔던 복도를 이렇게 도둑 같은 기분으로 걷게 될 줄은 꿈에도 생각 못 했다.

 교무실에 누가 있는지 후룩 차를 마시는 소리가 복도까지 울렸다. 나는 숨을 삼키고 그 앞을 몰래 통과하여 그대로 복도 모퉁이를 돌았다. 안도의 한숨을 쉬며 고개를 드는데 교사인 듯한 사람이 눈앞에 서 있었다.

"무슨 일이시죠?"

 나는 대답에 궁해 어떡하지 생각하면서 꾸물거리고 있는데 뚜벅뚜벅 다가왔다. 그 걸음걸이와 얼굴이 어딘가 낯익다.

"하마구치 선생님!"

 나는 엉겁결에 소리를 질렀지만 상대는 금방 기억이 나지 않는지 멀뚱멀뚱 내 얼굴을 바라보고 있다.

"저, 3학년 2반의……."

"아!"

"후지이입니다."

"후지이!"

"네, 그렇습니다. 기억하세요?"

"3학년 2반의 후지이 이츠키. 자네 출석번호가……."

 거기까지야 기억하지 못한다. 그런데 교사의 고집인지, 하마구치 선생님은 애써 기억하려 하고 있다. 손가락을 꼽으면서 중얼중얼 뭔가 낯익은 주문을 읊기 시작했다.

그것은 3학년 때의 출석번호와 학생 이름이었다. 남학생이 끝나자 하마구치 선생님은 여학생의 출석을 외우기 시작했다.

"이토, 엔도, 오타, 가미자키, 스즈키, 도야, 데라나이, 나카지마, 노구치, 하시모토, 후지이, 후나바시⋯⋯."

그리고 지나간 손가락을 한 개 되돌리며 말했다.

"24번."

듣고 나서야 생각났다. 확실히 24번이었다.

"대단하세요! 선생님, 그걸 어떻게?"

나는 얼떨결에 박수를 쳤다.

"어쩐 일이냐?"

"그냥 산책 겸."

"산책 겸 올 곳은 아닌 것 같은데?"

"저, 친구에게 학교 사진을 부탁받아서요."

그것은 사실이었다.

"학교 사진? 뭐에 쓰게?"

"글쎄요, 거기까지는."

그것도 사실이었다. 선생님도 그 이상은 캐묻지 않아서 다행이었다. 선생님은 오늘은 도서실에 용무가 있어서 출근했다고 한다.

"그러고 보니 너도 도서부원이었지."

정말 무엇이든 다 기억하시는 분이구나.

"실은 아직 그래요."

"뭐? 도서부원?"

"시립도서관에서 일하고 있거든요."

"아, 그렇구나!"

"네, 무슨 인연이 있나 봐요."

"그럼 이곳에서의 일도 쓸데없지는 않았구나."

"좋아했었어요, 도서부원 일."

"역시 그랬구나. 어딘지 이상한 아이라고 생각했지만."

이런저런 이야기를 나누는 동안에 우리는 도서실에 이르렀다.

"잠깐 들어갈래?"

"아! 오늘은 서가 정리일인가요?"

"그래."

"저도 했었어요, 봄방학 때."

"도서부원의 연중행사였지."

도서실 곳곳에 학생들이 분주히 움직이고 있었다.

"모두 모여라!"

선생님의 호령으로 학생들이 모였다.

"너희들의 선배인 후지이다."

갑작스럽게 소개받아 심장이 두근거리는 걸 느끼면서 나는 모두에게 인사했다.

"안녕하세요."

학생들도 느닷없이 나타난 모르는 사람에 당황했는지 수줍어하면서 얼굴을 마주 보며 소곤소곤 귓속말을 했다.

어쩐지 모습들이 이상했다. 낮은 소리 속에 내 이름이 섞여 있다. 무엇을 서로 속삭이고 있는가 싶었는데 한 학생이 갑자기 내게 물었다.

"혹시 후지이 이츠키 씨?"

나는 놀랐다. 학생들은 쿡쿡 웃고 있다.

"너희들 알고 있니?"

나 대신 선생님이 질문했다.

"예? 정말이에요?"

아까 내 이름을 맞힌 학생이 놀라 되묻자 돌연 학생들은 웅성거렸다. 저마다 "거짓말!" "말도 안 돼!" 하며 법석이었다. 나는 뭐가 뭔지 영문을 알 수 없었다.

한동안 시끌시끌한 끝에 학생들은 이유를 설명해 주었다.

"선배님은 저희 사이에서 전설적 인물이세요."

"그건 말도 안 돼."

학생 하나가 책을 한 권 갖고 와서 뒤표지를 펼치더니 그 안의 카드를 빼내어 내게 보여주었다.

"보세요, 이것."

나는 그 카드를 보고 놀랐다. 그것은 그 애가 장난으로 후지이 이츠키라고 쓴 바로 그 도서대출카드였다. 이게 아직 남아 있다니.

내 주변을 둘러싸고 함께 들여다보던 학생들이 자세하게 설명해 주었다.

"우리 사이에서 후지이 이츠키 찾기 게임이란 게 유행하고 있어요."

"처음에 누가 발견했더라?"

"구보타였나?"

"아, 그래. 구보타."

"이런 카드가 몇 장이나 있다는 걸 발견했어요. 처음에는 그냥 그런가 하고 넘겼는데……."

"그러는 동안 몇 권 더 찾게 됐어요."

"누가 더 많이 찾나 경쟁이 붙었어요."

"후지이 이츠키 게임이란 이름, 누가 붙였더라."

"그래서요, 표까지 만들었어요."

"이거요, 이거."

학생들은 그 표까지 보여주었다.

"현재 제가 1등이에요."

"마에가와가 그 뒤를 쫓고 있어요."

"일단 남녀 대항을 하고 있어요."

"그럼, 아직도 많이 남았니?"

"모르겠어요. 모르니까 재미있고요."

"그래요."

"맞아요."

나는 좀 감동했다. 뭐라고 표현할지 설명하기 어렵지만 콧등이 시큰해졌다. 별것 아닌 도서대출카드이긴 하지만 그 애가 쓴 이름이 10년이나 이곳에 그대로 남아 있다는 것이 기적처럼 생각됐다.

"설마 본인을 만날 줄은 상상도 못했어요."

"맞아요."

모두 내가 쓴 것이라고 착각하고 있는 것 같다.

"아냐. 내가 그런 게 아냐."

아이들이 동시에 이상하다는 표정을 지었다. 그 시선이 일제히 내게 집중해 있어서 얼떨결에 변명하는 꼴이 됐다.

"도서부원 중에 다른 애가 하나 있었는데 그 애가 장난으로 그랬어."

그들 입장에서 보면 수수께끼였던 후지이 이츠키 카드의 기원이 지금 밝혀지고 있는 셈이다. 감탄하면서 고개를 끄덕이던 아이들이 다음 설명을 숨죽이며 기다리고 있다.

"……그것뿐이야."

모두 그럴 리가 없다는 얼굴을 했다. 그중 한 여학생이 물었다.

"다른 사람이 선배님의 이름을 썼다고요?"

"응?"

아무래도 아이들은 카드의 이름을 나라고 착각하고 있는 것 같다. 같은 이름이니까 무리도 아니다.

"그 사람, 남학생이에요?"

"응? ……그래."

"그 사람은 선배님을 엄청 좋아했군요."

"그러니까 이렇게 많이 선배님의 이름을 써놓았죠."

또 학생들은 술렁거렸다. 와와 떠드는 거야 자기 마음이지만 그 속에 "사랑 이야기였잖아" 하는 소리가 들리는 것은 흘려 버릴 수 없었다.

"그런 게 아냐. 그런 게 아니고!"

그러나 이미 아무도 내 이야기를 들어주지 않았다.

"후지이……."

선생님이 내 어깨를 찔렀다.

"예?"

"얼굴이 빨개졌어."

나는 양손으로 뺨을 감쌌다. 뜨거워진 것을 스스로도 알 수 있었다. 그것을 본 학생들은 더욱 들떠서 이미 사태는 수습 불능이었다.

생각지도 못한 일로 나는 모교에 사랑의 전설을 남겨버렸다. 아마 대대로 전해지겠지. 뭐, 그것도 괜찮은걸.

나는 '사랑의 카드'를 기념으로 두 장 받아서 도서실을 뒤로했다. 한 장은 와타나베 히로코에게 보내주기 위해서였지만, 왠지 모르게 내 것으로도 한 장 갖고 싶었다.

카드와 사진을 동봉하여 나는 와타나베 히로코에게 편지를 보냈다. 학교에서의 해프닝도 자세히 써주었다.

며칠 후 답장이 왔다.

그것은 짧았지만 의미심장한 글이었다.

#후지이 이츠키 님.

사진과 카드 고맙습니다.

그런데 그것은 정말 그의 이름이었을까요?
와타나베 히로코

10

　조난 소식을 들은 히로코는 당장 현지로 향했다. 신칸센에서 도중에 로컬선으로 갈아탔는데 그곳에서부터도 한참 가야 했다. 두 량짜리 디젤선인 완행열차는 이쪽의 다급한 마음과는 상관없이 여유롭게 시골 구석구석을 히로코에게 보여주며 달렸다. 건널목 차단기 소리가 멀리서부터 들리다 멎을 때까지의 시간이 믿을 수 없을 정도로 길게 느껴졌다. 큰 짐을 안고 올라타는 행상 아주머니들이 마치 달팽이처럼 보였다. 늦게 온 승객을 위해 일부러 잠시 정차할 때마다 히로코는 몇 번이나 초조함에 한숨을 쉬었다.

　시골의 시간. 갑자기 찾아온 히로코의 기분 따위는 안중에도 없이 시든 나뭇가지를 흔들어보기도 하고, 구름을 움직여 보기도 하고, 얼어붙은 강바닥의 작은 돌을 건드려보기도 하는 것이다.

이윽고 역에 도착했을 때부터는 그야말로 전쟁이었다. 그 동네의 소방서 트럭을 타고 산 밑까지 가자 급히 설치한 가설 텐트 주위에는 사람들이 모여 웅성거리거나 큰소리들이 나고 있었다. 그리고 정상에 구름을 뒤집어쓴 거대한 산이 히로코 눈앞에 우뚝 솟아 있었다.

텐트 안에는 먼저 도착한 그의 부모님이 있었다. 두 사람 다 초조한 얼굴이었다. 두 사람뿐만 아니라 텐트 안에서 대기하고 있던 등산대의 가족들은 모두 초췌한 얼굴로 불안한 듯이 산꼭대기를 올려다보고 있었다.

도착한 지 20분.

헬리콥터가 하산했다. 굉음과 함께 눈앞의 설원에 착륙하는 헬리콥터는 마치 영화 속 장면 같았다. 히로코는 숨을 죽이고 상황을 지켜보고 있었다.

안에서 구급대가 내려오고 들것이 하나둘씩 날려져 왔다. 가족들이 차례차례 들것 주변에 모여들었다.

"괜찮습니다! 모두 건강합니다!"

구급대 대장 같은 사람이 그렇게 소리를 질렀다.

가장 마지막은 아키바였다. 그는 구급 대원에게 어깨를 빌려 자력으로 걷고 있었다. 히로코는 아키바에게 뛰어갔다.

"아키바 씨!"

아키바는 히로코의 얼굴을 보자마자 돌연 큰소리로 울음을 터뜨렸다. 마치 미아가 된 꼬마가 엄마와 재회한 순간 같은 광경이었다. 어른이 이런 식으로 울 수 있는가 생각할 정도로 정말 아이처럼 소리 내어 아키바는 흐느꼈다. 그리고 울면서 이렇게 외쳤다.

"용서해 줘, 히로코! 용서해 줘!"

절벽 틈에 끼어버린 그를 아키바 일행이 그냥 두고 내려왔다는 것은 나중에 알았다. 그리고 나서도 일행은 사흘간 산속을 헤맸으므로 구조가 그렇게 빨랐던 것은 아니었다. 구급대 대장은 살아 있었던 것이 신기할 정도라며, 조난된 후 아키바의 리드를 높이 평가했다. 그야말로 기적의 생환이었다.

그리고 2년이 지났다.

히로코는 아키바와 함께 그 두 량짜리 로컬선을 타고 있었다.

"이제 다음 역에 내릴 거야."

아키바의 말에 히로코는 놀랐다. 2년 전, 그렇게 길게 생각됐던 노정이 오늘은 눈 깜짝할 사이에 지나온 듯한 느낌이

들었다. 히로코는 갑자기 가슴이 두근거리며 안정이 되지 않았다.

○

벌써 4월이 지났는데 그날 아침은 몹시 추웠다. 눈이라도 내릴 것 같은 공기다. 목이 묘한 느낌으로 뜨거웠다. 또 감기를 앓을지도 모른다.

오후가 돼도 몸이 좋아지지 않아 일찍 조퇴하기로 했다.

"나, 병원에 좀 들렀다가 집에 갈 테니까 잘 부탁해."

그렇게 말하자 아야코는 이상하다는 얼굴로 보았다.

"이츠키가 자진해서 병원에 간다고 하다니 내일은 해가 서쪽에서 뜨겠다."

듣고 보니 정말 그랬다. 그러나 왠지 오늘은 병원에 별 저항이 없었다. 아야코가 걱정스럽게 물었다.

"괜찮니?"

"응. 마음 변하기 전에 얼른 갈게."

아야코는 줄곧 불안한 얼굴을 하고 있었는데 지금 생각하면 그것도 이상한 느낌이 든다. 그때는 진짜로 대단한 것이 아니었다. 그 증거로 병원에서 진찰을 받은 나는 의사로부터 걱정할 필요 없다는 말을 들었다.

"약 먹고 목욕하지 말고, 푹 쉬어요. 약은 3일분 줄게요."

나는 흉부 엑스레이 사진을 멍하니 보고 있었다.

가슴 언저리에 거뭇한 그림자가 나와 있는 것은 뭘까?

"선생님, 이건?"

"아, 좀 검게 보이네요. 폐에 약간 염증이 보여요."

"폐렴이에요?"

"하하하. 시험 삼아 이 병원 주위를 한 바퀴 전력 질주하고 오세요."

"예? 달리라고요?"

"그러면 오늘 밤에는 완벽한 폐렴 환자가 되어 입원할 수 있어요."

그렇게 말하며 선생님은 한가롭게 웃고 있었다.

돌아오는 길에 택시를 잡으려고 큰길을 따라 걷고 있는데 뒤에서 누가 불렀다. 하마구치 선생님이었다.

"어, 후지이. 자주 만나는구나."

"어머나, 안녕하세요."

그리고 잠시 같이 길을 걷게 됐다.

"그 뒤로 애들이 그 게임에 더 열을 올려서 경쟁적으로 찾고 있어."

"어머나."

"너도 재미있는 선물을 남긴 셈이 됐구나."

"죄송합니다."

"그래, 누구였지? 그걸 한 게?"

"예?"

"네 이름을 쓴 사람."

그렇게 말하고 선생님은 의미 있는 눈을 했다. 선생님도 그 첫사랑 설을 믿고 있는 것 같았다.

"아녜요. 그건 제가 아니에요."

"뭐라고?"

"기억나지 않으세요? 왜, 또 한 사람의 후지이 이츠키요."

"아아."

"그 녀석의 장난이었어요."

"……."

"기억하세요?"

"그래. 남자 후지이 이츠키?"

"맞아요!"

"출석번호 9번."

"우와, 대단해요!"

"……."

"완전히 순식간에 기억해 내시네요."

"그 애는 특별해."

"예?"

"죽었잖아. 2년 전에."

"……"

"설산(雪山)에서 조난 당해서."

"……"

"몰랐니? 뉴스에서도 한참 나왔는데."

그 후 선생님과 어디서 어떻게 헤어졌는지 잘 기억나지 않는다. 정신을 차리고 보니 택시 안에서 심하게 기침을 하고 있었다.

창밖을 보니 상점가 거리를 막 지나고 있었다. 저녁 무렵이어서 쇼핑객이 넘치는 거리를 택시는 천천히 통과했다.

아빠가 죽은 그날, 나와 엄마와 할아버지 세 사람은 걸어서 이 길을 돌아왔다. 그때는 설날 연휴여서 상가들도 문을 닫아 개미 한 마리 없었다.

거리 한복판에 커다란 물웅덩이가 얼어붙어 있는 것을 발견했다. 나는 스케이트를 타듯 단번에 그 위를 미끄러졌다.

엄마가 놀라서 소리를 질렀다.

"바보! 넘어져!"

그러나 나는 넘어지지 않고 그 위를 활주했다.

정말 넓은 빙판이었다. 그리고 이상할 정도로 잘 미끄러졌다. 멈출 때까지의 시간이 묘하게 길어서 지금도 그 느낌은 잊을 수 없다. 빙판의 끝에서 멈춘 내 발밑에 이상한 것이 보였다.

나는 구부리고 앉아 그것을 확인했다. 엄마도 할아버지도 다가와서 함께 들여다보았다.

엄마가 말했다.

"잠자리?"

그것은 잠자리였다. 얼음 속에 갇힌 잠자리였다. 이상하게 날개도 꼬리도 쫙 편 채 얼어 있었다.

"예쁘다."

엄마가 말했다.

갑작스러운 급브레이크가 나를 현실로 되돌려놓았다. 택시가 길 한복판에서 휙 돌았다. 차 밖에서는 장바구니를 든 여자들이 놀라서 아우성을 쳤다. 놀란 얼굴의 사람들이 차 안을 들여다보아서 나는 엉겁결에 시선을 떨구었다.

방향을 바꾼 택시는 달아나듯이 상점가 안을 통과했다.

"이야, 잊고 있었네. 거기 커다란 물웅덩이가 있었던 걸. 겨울에는 얼어서 아주 위험하죠."

나는 기침을 하면서 끄덕였다.

"비가 오나? 진눈깨비인가?"

운전사는 와이퍼를 움직였다.

진눈깨비가 앞 유리에 하얀 궤적을 남겼다.

"벌써 4월인데 눈이라도 내릴 건가."

하늘은 어느 틈엔가 무거운 구름으로 덮이고 있었다.

○

역에 내린 히로코는 코트 깃에 고개를 묻으며 조그맣게 떨고 있었다. 짐을 들고 앞장서 걷던 아키바가 물었다.

"추워?"

히로코는 고개를 가로저었다.

"드디어 왔구나. 인연의 산에."

그렇게 말하고 아키바는 숨을 크게 들이마셨다.

"조금만 더 가면 '카지'라고 아는 사람이 있어. 사람들이 제일 무서워하는 게 지진, 천둥, 불°, 아버지잖아. 그래서 모두들 불아범이라고 불러. 오늘 밤은 그 카지 아저씨네서 자고, 내일 아침 일찍 산으로 출발하자."

"……."

"좋은 사람이야, 불아범. 히로코도 마음에 들 거야. 오늘 밤은 찌개 해놓고 기다린다고 했어."

아키바는 장난스럽게 불아범, 불아범을 반복하며 히로코를 웃기려 했지만 반응은 시큰둥했다.

시골길을 한참 가다가 아키바가 문득 멈춰 서서 먼 곳을 가리켰다.

"아, 봐, 저곳…… 저 산꼭대기 보이지?"

그러나 히로코는 발밑을 내려다보며 고개를 들려고 하지 않았다. 아키바는 그것을 눈치챘지만 딱히 말을 하지 않고 그대로 다시 터벅터벅 걸었다. 그런데 돌아보니 히로코가 그 자리에 우뚝 선 채 있었다.

"왜 그래?"

"……."

"……히로코."

"……."

"무슨 일이야, 다리 아파?"

○ 불: 화재(火事) 역시 '카지'로 일본어 발음이 같다.

아키바는 되돌아가서 히로코의 어깨에 손을 올렸다.

"왜 그래? 이렇게 떨면서."

"……."

"추워?"

"……."

"히로코."

"안 되겠어."

"뭐?"

"역시 안 되겠어."

"……."

"뭐 하는 거야, 우리? 이런 게 좋을 리 없잖아."

"……."

"좋을 리 없어."

"히로코."

"그 사람이 화낼 거야."

"그럴 리 없다니까!"

"돌아가자."

"히로코."

"부탁이야. 돌아가자."

"무엇 때문에 온 거야. 모두 떨쳐버리기 위해서가 아니었어?"

"부탁이야."

"떨쳐버려야 해! 히로코!"

"……."

"히로코!"

아키바는 히로코의 팔을 잡고 강제로 끌어당겼다. 그러나 히로코의 발은 뿌리라도 내린 듯이 움직이지 않았다.

"히로코."

"……부탁이야."

"뭐?"

"부탁이야……. 돌아가게 해줘."

주위에는 어둠이 깃들기 시작했다.

○

집에 돌아온 나는 침대에 누워 한동안 움직일 수 없었다. 무엇을 할 마음도 들지 않고 아무것도 생각할 힘이 없었다.

열이 좀 있는 것 같았다. 나는 베갯머리에 있던 체온계를 겨드랑이에 끼고 체온을 쟀다.

주방에서는 엄마가 저녁 준비를 하고 있었다. 불쑥 다가온 나를 보고, "접시 좀 날라줄래" 하며 태평스레 말했다. 나는 체온계를 엄마에게 보였다.

"뭐야? 열 쟀니? 몇 도야?"

엄마는 그렇게 말하면서 체온계를 보았다.

"이거 고장난 것 같아."

나는 말했다. 동시에 엄마의 얼굴이 하얗게 변하는 것을 보았다. 엄마는 내 이마에 손을 짚었다.

"이츠키!"

그렇게 외치는 소리가 들렸다. 거기까지는 기억하지만 다음 기억은 도통 확실하지 않다. 때때로 엄마와 할아버지가 소리치는 것을 들은 기억은 난다.

……어디선가 눈이 내린 듯한 느낌도 든다.

11

눈앞에서 갑자기 쓰러진 나를 엄마가 부둥켜안았다. 그리고 거실에 있던 할아버지를 큰 소리로 불렀다.

"아버님! 아버님!"

그 심상찮은 목소리에 놀란 할아버지가 주방으로 뛰어왔다.

"구급차요!"

엄마가 소리쳤다.

"119에 전화해요!"

"무슨 일이야?"

"하여간 전화해요!"

할아버지는 거실로 되돌아가 황급히 전화를 했다.

"여보세요, 여기, 급한 환자요."

그런데 구급차는 도착하려면 지금부터 한 시간은 걸린다고 한다.

"아무리 그래도, 그렇게야 걸릴 리 없잖소?"

할아버지는 자기도 모르게 소리를 질렀다. 그리고 수화기 너머에서 뭐라고 했는지 잠깐만 기다리라고 하면서 커튼을 걷었다. 창밖에 눈이 내리퍼붓고 있었다. 할아버지 얼굴에서 핏기가 가셨다.

주방에서 얼음을 깨어 얼음주머니를 만들고 있던 엄마가 물었다.

"구급차는요?"

"기다릴 수 없어."

그렇게 말하고 할아버지는 바닥에 쓰러진 나를 안아 일으켰다.

"네? 구급차 부르지 않았어요?"

할아버지는 대답도 하지 않는다.

"잠깐만요, 어떻게 하시려고요?"

"담요 가져와!"

"어떻게 하려고요?"

"택시는 안 돼요."

"……."

할아버지의 귀에는 이제 아무것도 들리지 않는 듯했다. 엄마는 갑자기 까닭 모를 공포에 휩싸였다. 그리고 엉겁결에 소리쳤다.

"이 아이까지 죽일 생각이세요?"

할아버지는 놀라서 돌아보았다.

엄마는 억지로 나를 할아버지의 등에서 떼어놓았다.

할아버지는 나를 빼앗기지 않으려고 했지만 엄마가 먼저 나를 감싸 안은 채 마루 구석으로 달아났다.

할아버지는 현관 입구에 멈춰 선 채 엄마를 노려보았다. 엄마는 나를 꼭 껴안으면서 말했다.

"그 사람 때 어떻게 하셨어요? 아버님! 생각해 봐요!"

"……."

"구조대가 하는 말 듣지도 않고 멋대로 택시 잡으러 갔지만 결국 못 잡았죠?"

"……."

"그래서 아버님. 그 사람 업고 병원까지 걸어갔죠? 기억하세요?"

"……."

"그래서 응급처치가 늦어서…… 그래서 죽었잖아요. 그 사람!"

"……."

"또 같은 짓을 되풀이하실 건가요! 이츠키까지 죽일 생각이세요?"

"밖에는 폭설이 오고 있어."

"이럴 때는 전문가의 지시에 따르지 않으면 안 돼요. 아시겠어요?"

"이제부터 더 심해진다."

"이럴 때는 의사가 하는 말을 듣는 것이 가장 안전해요!"

"그래서 늦어지면 어떻게 할래?"

"그러니까……."

"그러면 어떻게 할 거야?"

"아무것도 모르는 사람의 생각이 가장 위험한 거예요! 왜 모르세요?"

"의사가 날씨까지 봐준다더냐?"

"아버님! 나는 보낼 수 없어요."

"이번에는 괜찮아."

"안 돼요!"

"괜찮아."

"아버님!"

"자, 이츠키를 이리 줘."

할아버지는 신발을 신은 채 마루로 올라왔다.

"아버님! 안 돼요!"

할아버지는 상관하지 않고 나를 엄마에게서 떼어내려 했다. 엄마는 격렬하게 저항하면서 소리쳤다.

"정신 차리세요, 제발!"

"정신 차려야 하는 건 네 쪽이야!"

"아버님!"

그때 할아버지는 갑자기 잡고 있던 손을 떼더니 크게 숨을 내쉬며 일어섰다.

"그때…… 병원까지 걸어서 몇 분 걸렸냐?"

"오래 걸렸어요, 그때도!"

"몇 분이지?"

"네?"

"모르냐?"

"한 시간, 한 시간은 걸렸어요."

"아니야."

"한 시간 이상 걸렸어요."

"사십 분이야."

"……."

"그때는 사십 분이었어."

"더 걸렸어요."

"아냐. 정확하게 말해줄까? 집을 나가 병원 현관에 도착할 때까지 삼십팔 분 걸렸다."

"……."

"그래도 늦었다. 어쨌든 이미 늦었던 거야."

"……."

"지금 나가면 구급차가 여기 도착하기 전에 병원에 도착할 수 있어."

"하지만 이런 눈 속을 걸어가는 건 무리예요."

"걷지 않아."

"예?"

"뛸 거야."

"그런……."

"난 눈 속에서 자랐다. 이런 눈 따위 문제도 아니다."

엄마는 혼란스러워 잘 판단할 수 없었다.

"어떡할래?"

"……."

"이츠키는 네 딸이다. 네가 정해라."

"……담요 갖고 올게요."

엄마는 할아버지에게 나를 넘기고 담요를 가져왔다. 할아버지는 그것으로 나를 둘둘 말았고 그동안에 다시 엄마가 코트를 갖고 왔다. 할아버지는 그것을 걸치고 나를 업은 채 눈 속을 달리기 시작했다.

할아버지는 정말 달렸다. 엄마는 뒤를 쫓았다. 그러나 돌진하는 가운데 할아버지의 스피드는 점점 떨어졌다. 이번에는 엄마가 몇 번이나 멈춰 서서 기다려야 했다.

할아버지는 헉헉 어깨로 숨을 쉬면서 다리까지 휘청거렸다. 여기까지 와서야 엄마는 두 사람 다 중대한 사실을 잊고 있었다는 생각이 들었다.

"아버님."

"응?"

"그때는 10년 전이었어요."

"그게 어쨌다는 거냐?"

"아버님, 올해 일흔다섯이죠?"

"일흔여섯이다."

엄마는 절망적인 기분이 됐다.

"걱정하지 마라. 내 목숨과 바꾸더라도 사십 분 내에 도착할 테니까. 가자!"

그렇게 말하고 할아버지는 다시 전력으로 달렸다. 엄마는 이제 신에게 기도할 수밖에 방법이 없다고 생각했다.

결국 병원에 도착한 것은 집을 나온 지 사십이 분 후였다. 나는 그대로 응급실로 실려 갔다.

수간호사가 엄마에게 말했다.

"아까 구급차에서 전화가 왔었어요. 눈 때문에 아직 댁에 도착하지 못했대요. 환자는 벌써 병원에 도착했습니다,라고 했더니 몹시 놀라더군요. 제니바코에서 오셨다고요? 이런 폭설 속에 어떻게 오셨어요?"

"걸어서, 아니 달려서."

"달려서요? 딸을 업고? 대단하세요!"

수간호사는 몹시 감탄했다.

"역시 모성은 강하군요!"

엄마는 솔직하게 정정했다.

"아뇨, 할아버지가 업고 달려오셨어요."

"정말이에요?"

그 초인적인 능력의 할아버지는 호흡곤란으로 혼수상태에 빠져 손녀와 나란히 응급실 침대에서 치료를 받고 있었다.

○

도시에서 살고 있으면 밤의 어둠을 진짜로 느끼는 일이 적지만, 산에서의 밤은 그야말로 암흑 그 자체이다. 아키바와 히로코는 그 속을 계속 걸었다. 멀리 빛과 함께 집 한 채가 보였다.

"저기야."

아키바가 카지 아저씨 집을 가리켰다. 상당히 멀어 보인다고 생각하긴 했지만 걸어보니 훨씬 더 멀었다. 이윽고 도착한 그 집은 등산객들이 이용하는 통나무집이었다.

현관에 도착해서도 히로코는 아직 망설이고 있었다.

"오늘 하룻밤만 여기서 머물자. 알았지?"

아키바가 다정하게 말했다. 그리고 나무 문을 두드렸다.

안에서 나온 카지 아저씨를 보자 히로코는 입가가 풀렸다.

"늦었구나, 시게루."

"오랜만입니다, 잘 계셨어요?"

두 사람은 반가운 듯이 서로 어깨를 껴안았다. 그리고 아키바는 히로코를 소개했다.

"와타나베 히로코입니다."

"아, 반갑습니다."

카지 아저씨가 히로코에게 악수를 청했다. 히로코는 마주 손을 잡을 때 입술이 떨리며 웃음이 나오려는 것을 애써 참았다. 초면인 사람을 보고 웃는 실례를 범할 수는 없었지만 그래도 머리털이 곤두서 있는 카지 아저씨가 말 그대로 불아범의 모습이어서 실소를 자아냈다.

아키바가 말한 대로 털털한 산사나이인 카지 아저씨와 히로코도 이내 친해졌다. 카지 아저씨가 끓여준 특제 산나물 찌개도 맛있었다.

한참 이야기가 무르익더니 어느새 화제는 그의 이야기로 돌아가 있었다.

"정말 안타까운 일이야. 좋은 녀석일수록 빨리 죽는다니까."

그렇게 말하며 카지 아저씨는 국물을 후루룩 마셨다.

"히로코, 이 사람, 전에 본 적 없어?"

"응?"

그러나 기억이 없었다.

"미안, 전혀……."

"이렇게 임팩트 강한 얼굴인데?"

"바보 같은 놈. 임팩트가 있는 것은 이 머리뿐이야."

카지 아저씨는 자신의 머리털을 쓰다듬었다. 그리고 히로코에게 말했다.

"그때는 등산 모자를 쓰고 있었으니까요."

그 이야기를 들어도 기억이 나지 않았다. 곤란해하는 히로코에게 아키바가 설명해 주었다.

"카지 아저씨도 그때 동료였어. 그 조난 때."

"아아."

히로코는 겨우 생각이 났다.

"그러나 그때는 머리가……."

"예. 털이 좀 있었죠."

"하하하하."

아키바가 웃음을 터뜨렸다.

"아저씨는 훌륭해. 그 조난이 일어난 후, 여기서 산을 오르는 사람들의 뒷바라지를 하고 계셔."

"어머나."

"그런 건 아니고, 조난 당한 덕분에 이 산을 누구보다 잘 알게 됐거든요. 그렇지만 저 산을 오르는 놈들에게 그곳은 위험하다, 오늘은 날씨가 안 좋으니까 가지 마라, 일일이 잔소리를 해서 별로 좋아하지들 않아요."

"훌륭해요, 아저씨는. 난 도망가 버렸잖아요. 산에서."

"또 오르고 싶은가?"

"그야…… 그러나 무리죠."

"어째서."

"이제는…… 무섭습니다."

"……."

분위기가 묘하게 가라앉았다. 그러나 애써 다시 흥을 돋우려 하지 않고, 두 사람 다 조용히 술을 마시며 추억에 잠겼다.

히로코는 두 사람의 얼굴을 번갈아 보았다. 지금 두 사람의 머릿속에는 조난 당했을 때의 일들이 파도처럼 밀려들고 있는 게 틀림없다. 히로코가 상상도 할 수 없을 정도로 잔혹한 기억일 것이다. 그런데 두 사람은 무척 온화한 표정이었다. 히로코는 그 표정을 본 기억이 났다.

술에 취한 탓인지 카지 아저씨가 콧노래를 흥얼거렸다. 그것이 마츠다 세이코의 「푸른 산호초」라는 것을 히로코는 알았다.

"뭐예요? 그건 모두의 테마곡인가요?"

히로코가 묻자, 카지 아저씨가 조금 놀란 얼굴을 했다.

"이 노래, 그 녀석이 마지막에 불렀던 노래죠. 골짜기에 떨어져서 말입니다. 모습은 보이지 않았어요. 이 노래만 들렸죠."

히로코는 말을 잃었다. 그리고 자기도 모르게 아키바를 보았다.

"어째서 하필이면 인생 마지막 순간에 마츠다 세이코였을까. 그 녀석은 마츠다 세이코를 제일 싫어했는데."

아키바는 쓴웃음을 지으면서 그렇게 말했다.

"이상한 녀석이었어."

"그렇지."

또 침묵이 세 사람을 감쌌다. 세 사람 사이에는 그가 있었다. 각각의 뇌리를 그와의 추억이 순례하고 있었다.

문득 정신을 차리고 보니 히로코는 자기도 모르는 사이에 이런 얘기를 하고 있었다.

"나, 그 사람에게 프러포즈를 받지 못했어요. 밖으로 불러내더군요. 손에는 반지 케이스를 꼭 쥐고서. 그런데 아무 말도 하지 않았어요. 둘이서 두 시간 정도 묵묵히 벤치에 앉아 야경만 바라보았죠. 그러다가요, 왠지 그가 가엾어져서 할 수 없이 내가 먼저 말했어요. 결혼해 달라고요."

"히로코가?"

아키바가 어이없다는 듯 소리를 질렀다.

"응. 그랬더니 그 사람……."

"뭐라고 했는데?"

"단 한 마디. 좋아,라고."

"하하하하하."

카지 아저씨가 큰소리로 웃음을 터뜨렸다. 히로코에게는

우스운 이야기가 아니었다. 카지 아저씨는 굳은 표정의 히로코를 보고 머리를 긁적거렸다.

"미안, 미안."

"그 녀석, 여자 앞에서는 정말 수줍음을 많이 탔었어."

아키바가 말했다. 히로코가 제일 잘 알고 있는 사실이었다.

"맞아. 그러나 그것도 모두 좋은 추억이야."

"그래."

"좋은 추억을 잔뜩 받았어."

"그래."

"그런데 아직도 뭘 더 갖고 싶어서."

"……."

"편지까지 쓰고."

"……."

"죽은 후에까지 쫓아가서 귀찮게 투정을 부리고."

"……."

"이기적인 여자야, 난."

그리고 히로코는 익숙지 않은 술을 들었다.

다음 날 아침, 날이 새기 전에 아키바가 히로코를 깨웠다.

"히로코, 곧 일출이야. 잠깐 보지 않을래?"

히로코는 코트를 걸쳐 입고 아키바와 함께 밖으로 나왔다.

히로코의 눈이 동그래졌다. 눈앞에 장엄한 산이 우뚝 솟아 있다.

아키바가 말했다.

"저 산이야."

히로코는 무심결에 시선을 피했다.

"잘 봐둬. 후지이가 저기에 있으니까."

히로코는 천천히 시선을 들었다. 거대한 산이 히로코의 눈앞에 펼쳐져 있었다.

히로코의 눈에서 눈물이 쏟아졌다.

아키바가 갑자기 산을 향해 큰소리로 외쳤다.

"후지이, 너 아직 마츠다 세이코 노래 부르고 있니? 그쪽은 춥지 않아?"

메아리가 들려왔다. 아키바는 또 외쳤다.

"후지이! 히로코는 내가 책임질게."

메아리가 그것을 되풀이했다. 그래서 아키바는 멋대로 지금의 질문에 대한 답을 외쳤다.

"좋아!"

메아리가 그것을 또 따라 했다. 아키바는 히로코에게 미소 지었다.

"저 녀석, 좋다는데."

"……말도 안 돼, 아키바."

"하하, 히로코도 뭔가 소리쳐 봐."

그 말을 듣고 히로코는 뭔가 소리치려고 했지만 아키바가 옆에서 보고 있는 것이 쑥스러워서 설원 중턱까지 뛰어갔다. 그리고 누구도 거리낄 것 없이 큰소리로 외쳤다.

"잘·지·내·고·있·나·요?·나·는·잘·지·내·고·있·어·요!·잘·지·내·고·있·나·요?·나·는·잘·지·내·고·있·어·요!·잘·지·내·고·있·나·요?·나·는·잘·지·내·고·있·어·요!"

그러다 눈물에 목이 메어 소리가 나오지 않았다. 히로코는 울었다. 정말 아이처럼 소리 내어 히로코는 흐느꼈다.

카지 아저씨가 눈을 비비면서 창을 열고 소리쳤다.

"무슨 소란이야, 이른 아침부터."

"방해하지 말아요. 지금 아주 중요한 시간이니까."

12

#와타나베 히로코 님.

저의 아버지는 감기가 악화되어 돌아가셨습니다. 그때가 중학교 3학년 설날이었죠.

설날에 장례식이니 뭐니 하느라고 온 집안은 난리통이었습니다. 장례식이 끝나자 이번에는 엄마가 과로로 누워버려 덕분에 저는 새 학기가 시작된 후에도 한동안 학교에 갈 생각도 하지 못했습니다.

그런 어느 날의 일이었어요. 내가 외출에서 돌아오는데 현관에 누가 서 있는 겁니다.

그 애였습니다.

그런데 그 녀석도 나를 보고 놀라는 게 아닙니까.

뭐 하냐고 물었더니 그 녀석은, 너야말로 뭐 하고 있는 거야 하더군요.

그리고 서로 동시에, "학교는?" 하고 질문해 놓고 어색한 침묵이 있었던 것을 기억하고 있습니다. 그 녀석이 무슨 용건으로 왔나 했더니 도서실에서 빌린 책을 반납해 달라는 겁니다. 『잃어버린 시간을 찾아서』3권인가, 4권인가. 중학교 도서실에 그냥 놓아두어도 틀림없이 아무도 건드릴 것 같지 않은 책이었지만, 어쨌든 왜 내가 그걸 반납해야 하냐고 따졌어요. 그랬더니 그 녀석, 자기가 못하니까 부탁하는 거라고 하더군요. "왜?" 하고 물어도 이유는 말하지 않았어요.

하여간 부탁한다고 강제로 책만 맡겨놓고 그 녀석은 돌아갔습니다. 그 진상을 알게 된 것은 일주일 후 학교에 간 날이었습니다.

교실에 들어서니 그 녀석의 책상에 꽃병이 놓여 있었어요.

심장이 멈출 것 같았습니다. 그런데 그것은 단순히 남학생들의 장난이었더군요. 아이들에게 물었더니 갑자기 전학을 갔다는 겁니다. 그래서 책을 반납할 수 없었구나, 하고 나는 끄덕거렸습니다.

그러고 나서 제가 어떻게 했을까요?

"이런 장난하지 마!" 하고 소리치며 그 녀석 책상에 놓인 꽃병을 던져 깨뜨려버렸습니다.

그 순간 교실 안이 찬물을 끼얹은 듯 조용해지고 모두의 시선이 제게 집중됐습니다. 지금 생각해도 어째서 그런 짓을 했는지 까닭을 모르겠습니다. 분명 뭔가에 화가 나 있었겠죠. 무엇에 화가 났는지는 좀처럼 떠올릴 수 없지만 어쩌면 그때, 자신도 잘 모르고 있었던 것 같은 생각도 듭니다.

그리고 혼자 도서실로 갔어요. 그 녀석과의 약속을 지키기 위해서,라고 하면 좀 거창하겠죠. 어쨌든 약속한 책은 제대로 도서실에 돌려놓았습니다.

이것이 우리의 마지막 에피소드입니다. 그리고 당신게게 해 줄 수 있는 이야기도 이것이 마지막입니다.

후지이 이츠키

할아버지와 나는 나란히 퇴원했다.

엄마와 아베카스 고모부가 퇴원 축하 선물로 뭐가 좋은가 물어서 나와 할아버지는 정든 그 집을 달라고 졸랐다. 고모부는 이사 가기로 한 그 맨션은 어떻게 하냐고 머리를 감싸 안았지만, 엄마는 흔쾌히 허락했다.

"이렇게 된 바에야 할아버지가 돌아가시는 게 먼저일지,

그 집이 무너지는 게 먼저일지 지켜볼 수밖에 없겠구나."

엄마는 말했지만 십중팔구 집이 무너지는 게 먼저일 것이다.

할아버지는 퇴원한 지 얼마 되지 않았으면서 오늘도 건강하게 정원에서 흙을 파고 있다.

나는 아직 그렇게까지 힘이 없어서 툇마루에 앉아 편지를 읽고 있었다. 그것은 히로코에게서 온 마지막 편지였다. 큰 봉투에는 내가 그동안 그에게 보냈던 편지들이 모두 동봉되어 있었다.

후지이 이츠키 님.
이 추억은 당신의 것입니다.
그러니 당신이 갖고 있어야 합니다.
그는 분명 당신을 좋아했을 거예요.
그리고 당신이어서 참 다행입니다.
지금까지 정말 고마웠습니다. 또 편지를 쓰겠습니다.
……또 언젠가.
와타나베 히로코

편지지를 넘기니 추신이 붙어 있었다.

추신. 당신도 역시 그를 좋아했었죠?

"그렇지 않다니까."
　　나는 편지를 향해 그렇게 말했다.
"뭐라고?"
　　할아버지가 자기한테 하는 말인 줄 알고 돌아보았다.
"중학교 때 같은 이름의 아이가 있었어요. 그것도 남자아이."
"그래서?"
"그렇다고요."
"첫사랑이었냐?"
"그런 게 아니에요. 그냥 있었다는 말."
"흐음."
　　할아버지는 멍하니 정원을 바라보았다.
"이츠키, 저걸 봐."
　　할아버지는 정원에 심어놓은 나무 한 그루를 가리켰다.
"저 나무를 심을 때, 저 녀석에게 이름을 붙였단다. 이름이 뭔지 아냐?"
"몰라요."
"이츠키라고 해. 너와 같은 이름."

"거짓말."

"네가 태어났을 때 저 나무를 심었어. 그래서 둘에게 같은 이름을 붙여주었지. 너와 저 나무 둘에게 말이야."

"우와."

"몰랐지?"

"몰랐어요."

"아무도 모르는 일이야. 이런 일은 남몰래 하는 게 의미가 있거든."

그렇게 말하면서 할아버지는 빙그레 웃었다.

"정말이에요? 지금 만든 이야기 아니고요?"

"글쎄, 남모르게 하기 때문에 의미가 있는 거라니까."

결국 진상은 수수께끼로 남았다.

하루카와 아야와 게이코는 이로나이 중학교의 도서부원들이다.

최근에 이들 사이에는 '후지이 이츠키 찾기 게임'이 유행이었다.

어느 날, 남학생인 구보타가 우연히 '후지이 이츠키'라는 이름이 쓰여 있는 도서대출카드를 발견한 것이 시작이었다. 그것은 후지이 이츠키 단 한 사람만 빌린 책이라는 것을 증명하고 있었다. 그런데 그런 책이 몇 권이나 나왔다. 카드에 후지이 이츠키의 이름만 있는 책 말이다. 구보타는 그것을 찾는 데 열중했다. 그러는 동안 그 사실이 동료 도서부원들 사이에도 알려져 어느새 서로 다투어 찾게 됐다.

그것이 '후지이 이츠키 찾기 게임'이다.

어느 날, 또 새로운 카드를 한 장 발견했다. 발견자인 스즈키 하루카는 이 카드만은 원래 갖고 있어야 할 사람에게 주어야 한다고 생각하여 동료들과 함께 그 집으로 향했다. 우리 집 말이다.

갑자기 나타난 손님들에 나는 놀랐다.

학생들은 쑥스러운 듯이 머뭇거리더니 그중 하루카가 책을 한 권 내밀며 말했다.

"좋은 것을 발견했어요."

마르셀 프루스트의 『잃어버린 시간을 찾아서』. 그가 두고 간 그 책이었다.

멍하니 있는 내게 학생들은 "카드를 보세요, 카드요." 하고 들떠서 재촉했다. 시키는 대로 나는 책 뒤의 카드를 꺼내 보았다. 그곳에도 후지이 이츠키의 이름이 있었다. 그러나 학생들은 다시 "뒤를 보세요, 뒤요." 했다.

영문을 모르는 채 별 생각 없이 카드를 뒤집었다.

나는 말을 잃었다.

중학 시절 내 모습을 그린 그림이었다.

문득 정신을 차리고 보니 아이들이 흥미진진하게 내 얼굴을 들여다보고 있다.

나는 아무렇지도 않은 척 그것을 주머니에 넣으려고 했다. 그런데 하필 내가 좋아하는 에이프런 원피스에는 어디에도 주머니가 없었다.

끝

역자의 말

러브레터와의 인연

.
. . .
. .
.

영화《러브 레터》는 1995년에 개봉했다. 남자 주인공인 도요카와 에쓰시(영화에서 아키바 역을 맡은 남자 배우)의 팬이었던 나는 이 영화를 너무 보고 싶었다. 마침 도쿄에서 신혼생활을 할 때였다. 하지만 안타깝게도 가지 못했다. 같은 해에 딸이 태어난 것이다. 타국에서 독박육아를 하던 참이어서 젖먹이 딸을 안고 영화관에 가는 것은 무리였다. 영화는 의외로 빨리 내려서《러브 레터》는 이내 잊혔다.

어느 날 아기를 안고 산책하는데 비디오 대여점 앞에《러브 레터》포스터가 있는 게 아닌가. 빛의 속도로 빌렸다. 하지만 육아하는 틈틈이 보다 말다 하다 보니 본 건지 안 본 건지 금세 반납일이 되어 반납해야 했다. 나와 《러브 레터》의 인연은 그렇게 도쿄 어느 골목에서 시작됐다.

그때 누가 상상했을까. 2년 뒤 원작 소설을 번역하게 될 줄(검토 의뢰가 들어왔을 때 검토할 것도 없이 출간하시라고 추천했다). 일본 문화가 개방되어 한국에서 이 영화가 대박 터질 줄. 덕분에 소설이 베스트셀러가 될 줄. 딸이 유치원 때부터 회사원인 지금까지 "우리 엄마는 『러브 레터』 번역한 사람"이라고 자랑하게 될 줄…….

고베에 사는 와타나베 히로코와 오타루에 사는 후지이 이츠키와의 인연에 비길 건 아니지만, 나와 『러브 레터』의 인연도 참으로 기이하고 역사가 길다. 그래서 이 작품에는 애착 이상의 무엇이 있다. 개인적인 감회지만, 『러브 레터』를 떠올리면 딸의 성장이 파노라마처럼 흐르고, 가난한 신혼 시절이 대하소설 서문처럼 떠오른다. 번역가에 관해 전혀 모르는 사람들이 "뭐 번역했어요?" 물어서 "『러브 레터』 번역했어요." 하면 "아, 『러브 레터』!" 하며 암호인 양 마음의 문을 열어주기도 한다.

이렇게 소중한 작품이긴 하지만, 개정판 번역을 의뢰받았을 때 "네에? 요즘 세상에 『러브 레터』를요?" 하는 느낌이었다. 아무리 명작이었다고 해도 순수 오리지널 찐 아날로그 시대의 작품을 디지털 시대 사람들이 좋아할까? 게다가 영화 《러브 레터》는 텔레비전에서 그동안 수도 없이 방영했다(할 때마다 본 사람입니다만). 다 아는 줄거리인 영화의 원작에 독자들이 관심을 가질까?

　그러나 20년도 지나서 다시 원서를 읽으며 확신했다. 이것은 AI 세상이 와도 사랑받을 작품이구나, 라는 것을. 사춘기 때의 풋풋한 첫사랑도 두 어른 여성의 펜팔도 순수하기 그지없다. '마음을 씻고 싶을 때 읽고 싶은 책'이라는 어느 독자의 표현이 너무나 적절하다.

　소설을 원작으로 영화를 만들거나 영화가 나온 뒤 소설이 된 작품들을 많이 번역했지만, 영화와 소설의 느낌이 이렇게 똑같은 작품이 있었나 싶다. 영화를 보면 소설을 읽는 것 같고 소설을 읽으면 영화를 보는 것 같다. 이유는 단순하다. 이와이 지, 감독과 작가가 같은 사람이어서다. 그는 천재다.

아마도 가까운 미래에는 "라떼는 편지란 게 있었는데 손으로 편지지에 써서 봉투에 담아 우체통에 넣으면 며칠 뒤에 우체부가 집집이 배달을 해주었단다" 하고 '전설의 고향'만큼이나 옛날얘기처럼 아이들에게 들려주게 될지도 모르겠다. '러브 레터' 하면 떠오르는 것은 뭐니 뭐니 해도 순수함의 상징인 '눈雪'과 '편지'다. 와타나베 히로코가 세상을 떠난 남자친구의 중학교 졸업 앨범 주소록에서 본 남자친구의 주소로 장난삼아 보낸 편지가 모든 일의 시작이었다. 답장이 온 것이다. 답장을 보낸 사람은 남자친구와 같은 반이었던 동명이인의 여성 후지이 이츠키.

와타나베 히로코와 후지이 이츠키는 얼굴도 닮았지만, 성격도 닮아서 두 사람은 시종 차분하고 예의 바르게 짧은 편지를 주고받는다. 한 번쯤 만날 법도, 한 번쯤 밤새 긴긴 편지를 쓸 만도 한데.

이 소설은 밤새 내린 하얀 눈처럼 마음속을 뽀얗게 만든다. 오랜만에 보는 원서였지만, 문장이 조금도 낡지 않고 신선했다. 25년 전 초판의 어설픈 번역이 부끄러워서 그동안 영화는 수없이 봤지만, 책은 한 번도 손에 든 적이 없다. 개인적으로는 다시 깔끔하게 번역할 기회가 주어져서 무엇보다 기쁘다. 청량한 번역의 『러브 레터』를 즐겨주세요.

'러브 레터'와 동갑인 스물여덟 살 정하에게 사랑을 보내며.

권남희

LOVE LETTER

Copyright ⓒ1995 by Shunji IWAI
First published in 1995 in Japan by Kadokawa Publishing Co., Ltd.
Korean translation rights arranged with Rockwell Eyes Inc.
All rights reserved.

Illust by ⓒYoko Tanji

러브 레터
LOVE LETTER

2022년 11월 23일 1판 1쇄 인쇄 | 2025년 1월 21일 1판 2쇄 발행

지은이 이와이 슌지 | 옮긴이 권남희 | 발행인 황민호
콘텐츠4사업본부장 박정훈 | 편집기획 신주식 최경민 윤혜림 | 디자인 김아름 @piknic_a
마케팅 조안나 이유진 | 국제판권 이주은 김준혜 | 제작 최택순 성시원
발행처 대원씨아이㈜ | 주소 서울특별시 용산구 한강로 3가 40-456
전화 (02)2071-2018 | 팩스 (02)749-2105 | 등록 제3-563호 | 등록일자 1992년 5월 11일
www.dwci.co.kr

ISBN 979-11-6944-868-0 03830

- 이 책은 대원씨아이㈜와 저작권자의 계약에 의해 출판된 것이므로, 무단 전재 및 유포, 공유, 복제를 금합니다.
- 이 책 내용의 전부 또는 일부를 이용하려면 반드시 저작권자와 대원씨아이㈜의 서면동의를 받아야 합니다.
- 잘못 만들어진 책은 판매처에서 교환해 드립니다.